„EIGENTLICH BIN ICH JA KÜNSTLER ..."

Gesammelte Werke aus drei Jahren *fettes-grinsen.de*
und *wortmotor.de*
(2001–2004)

Herausgegeben von:

Tim I s e r t
Nicholas Z i e g e r t

Infos und mehr zu lesen finden Sie unter:
www.wortmotor.de

Anregungen bitte an:
info@wortmotor.de

Redaktion und Gestaltung: Tim Isert und Nicholas Ziegert
Titelbild: Jon Fischer
Herstellung und Verlag: Books on Demand GmbH, Norderstedt
Printed in Germany
ISBN 3-8334-2141-X

Inhalt

INHALTSVERZEICHNIS

I. VORWORT 5

MEHR LESEN 7

II. KOLUMNEN 9

EIGENTLICH BIN ICH JA KÜNSTLER 9
ABENTEURJAGDEN 15
VON DER KUNST DES ERFINDENS – ODER, WIE MAN
DICHTER WIRD 17
KISS - KEEP IT SIMPLE AND STUPID 20
BUSINESS IN NEW YORK 27
AN INTRODUCTION TO GLASGOW 32
WARME GEDANKEN 44

III. ZEITZEICHEN 45

HEUTE IM GYM 45
SCHWEIGER 50
SELBST DIE GRÖßTEN DINGE FANGEN GANZ KLEIN AN .. 52
WO FÄNGT ES AN? 57
DIE DICKSTEN KARTOFFELN 64
DEMENZ?! 73
REIFE 75
DIE WAHRHEIT 78
WAS BRAUCHT DER MENSCH ZUM LEBEN? 85
TRAUMMANN 88
FREUNDE 94
SONNTAG, 27.10.2002 95
IRGENDWO IM PARADIES 98
IMPRESSIONEN FÜR VISIONEN 104

IV. GESCHICHTEN 105

DIE SAMSTAGABEND FALLE 105
DER MAESTRO 110

Inhalt

MAL WIEDER: SONNTAG!... 113

V. LYRIK... 115

SEIN.. 115
NARZISS 116
HYPERIONS TRAUM 119
EIN JAHR 121
CIRCLE OF LIFE 122
WAS IT THIS SUMMER 123
EIN JAHR VERGANGEN 125
PUT YOUR LIGHTS ON.. 127
DIE GEISTER, DIE ICH RIEF 129
NUR EINEN MOMENT 131
THE LAST DOOR 132
AS TIME PASSES BY 133
HOMO FABER... 135
DA SEIN 137
REFUGIUM 138
PARADISE 139

VI. AUTOREN.. 141

I.

Vorwort

Wie aus einer Idee ein Produkt entsteht, ist oft ein Geheimnis. Nicht, weil man es verheimlichen will, sondern weil einem die vielfältigen Faktoren, die Wünsche, die Inspiration, die Gespräche, die Zufälle in Wirklichkeit nicht mehr ganz klar sind.

Jedenfalls entstand in den letzten Wochen des Jahres 2001 auf dem PC von Tim Isert die Plattform für junge und bisher unbekannte Autorinnen und Autoren – www.fettes-grinsen.de. Zuerst auch als eine Art „Trend-Seite" gedacht, entwickelte sich fettes-grinsen zu einem Portal, welches Raum für Gesellschaftskolumnen, Reisebeschreibungen, Kurzgeschichten und Gedichte bot.

Im Frühjahr 2004 war es Zeit für eine Renovierung der nun schon aus allen Nähten platzenden Seite. Mit neuem Namen und Design präsentierte sich nun unter www.wortmotor.de ein professionellen Standards entsprechender Rahmen für unsere Autoren. Fast ein Dutzend Autoren schreiben heute regelmäßig für wortmotor und erfreuen eine immer größer werdende Leserschaft.

Vorwort

Nach nunmehr drei Jahren der Hege und Pflege von Texten hielten wir die Zeit für gekommen, die Ergebnisse gesammelter Kreativität außerhalb von Bits und Bytes „fassbar" zu machen.

Mit dieser kleinen Sammlung wollen wir einen Meilenstein auf dem Weg des „wortmotors" setzen und hoffentlich in der Zukunft noch viele weitere ...

Danken möchten wir allen, die das Projekt in den letzten Jahren unterstützt haben, allen voran natürlich unseren treuen Autorinnen und Autoren.

Hamburg, im November 2004.

Tim Isert und Nicholas Ziegert

Editorial 19.01. 2004

Mehr lesen

"Der klare, kalte Bach schlängelte sich zärtlich tastend durch die weite Wiesenlandschaft, die sich im üppigen Grün bis zum Horizont erstreckte."
Diese Zeilen können in jedem Schriftwerk stehen, das sich einem gerade anbietet, ob nun Bestsellerroman oder Groschen-Schnulze. Und so einfach dieser Satz auch anmutet, so wirkungsvoll ist er doch für unser Unterbewusstsein. Jeder ist in der Lage, sich seinen eigenen Bach und seine eigene Wiese unter der Beschreibung vorzustellen und ohne es richtig zu merken, beginnt unser Gehirn schon beim Lesen der Worte mit der Visualisierung.

Lesen schult also unsere Fantasie und unsere Fähigkeit, Dinge, die im Moment nicht real sind, in Bilder zu fassen.

Ergo bedeutet mehr lesen mehr Vorstellungskraft und genau das ist der Reiz und die Faszination von Literatur. Vielleicht ist es auch eine Art der Flucht aus der Welt der "Wirklichkeit" in eine Welt der unendlichen Möglichkeiten.

Mir persönlich bereitet diese "Flucht" immer wieder Vergnügen, hilft mir entspannen und Abstand von

Gegebenheiten zu gewinnen, die versuchen meinen Geist durch Grübelei zu blockieren.

Meine Aufforderung also für diese - und natürlich alle weiteren - Wochen: mehr lesen!

Tim Isert

II.

Kolumnen

Eigentlich bin ich ja Künstler ...

Gotham City, Megapolis, The Centre of the World, The Big Apple oder einfach nur New York – das sind viele Namen für eine Stadt mit noch mehr Gesichtern. Wenn das Unbegreifliche die Menschheit seit Jahrhunderten fasziniert, so ist es kein Wunder, dass die Stadt zwischen Hudson und East River immer „in" ist. Große Erwartungen werden mit in die Stadt gebracht. Und meist ist das das Einzige, was der nie nachlassende Strom der Glückssucher reichlich mitbringt.

Träume auf der ganzen Welt werden von den Erfolgsgeschichten genährt, die die Stadt seit ihrer Gründung begleiten. Cornelius Vanderbilt, der große Eisenbahnpionier des 19. Jahrhunderts, baute ein unglaubliches Vermögen auf seinem kleinen Fährbetrieb auf, den er zwischen Brooklyn und Manhattan unterhielt. Mit neunzehn Jahren hatte er schon drei Fährschiffe und segelte einem Monopol in diesem Geschäft entgegen. Er starb als einer der reichsten Amerikaner seiner Zeit. „Lucky" Luciano, der ehrenwerte Pate von New York der dreißiger Jahre, regierte den Mob New Yorks von Brooklyn aus und begründete damit die Herrschaft der amerikanischen Mafia, die sich damit von ihren italienischen Vorgängern „emanzipierte". Dafür ist der East River wohl der größte Friedhof der Ehrenwerten Gesellschaft – manche Träume gehen eben auch unter.

Sänger, Schauspieler, Spekulanten und Geschäftemacher, Komiker und Maler machen auch heute alle Jagd auf das große Glück. Das sind die Glücksritter der Gegenwart. Der Broadway verschlingt jährlich tausende Talente (man denke nur an „Fame" und „A Chorus Line") und nur manchmal spuckt er Stars wie Barbara Streisand oder Liza Minelli wieder aus. Oder sagen wir lieber, sie werden sanft auf der sensiblen Spitze der sanften Zunge dem huldigenden Publikum dargeboten. Der Rest wird verheizt.

Auf einen „The Donald" Trump kommen eine Unzahl von MBAlern, die jetzt wieder bei Mama Suppe löffeln gehen müssen. Vielleicht hätten sie doch noch mit anderen Dingen rechnen sollen als nur mit bloßem

Zahlenwerk. Die Hausnummern folgen hier ja auch keinem System. Der Verdauungstrakt namens New York scheidet denn die meisten seiner Nährstoffe auch wieder aus. Aber nur Mut, der nächste Trump kommt bestimmt.

(An dieser Stelle muss ich mal ein Wort zur sprachlichen Gleichberechtigung verlieren. Korrekt wäre es ja zu schreiben: Spekulanten und Spekulantinnen oder SpekulantInnen. Die Amerikaner sind aber auch hier wieder etwas pragmatischer als wir Deutsche. Sie verwenden in akademischen Texten vermehrt nur die weibliche Form. Nach dem Motto: 2000 Jahre wir, die nächsten 2000 Jahre die Mädchen. Dies hat einen etwas lustigen Touch in Kriminalfällen, wenn es z.B. heißt: the rapist flew into the park, where she tried to hide herself ... to find a new victim ...- also ich finde das politically correct!).

Eigentlich gibt es in New York sowieso nur Künstler. Meine erste solide Unterkunft in New York hatte ich für zwei Wochen bei einem italienischstämmigen Künstler direkt am Broadway. Er hatte ein herrliches – allen Klischees gerecht werdendes – Loft als Atelier umgestaltet. Überall hingen Bilder, standen

Skulpturen und selbstgebaute Möbelstücke herum. Dazwischen schlief er. Er war gerade in seiner „Knochenphase", das heißt, dass die Knochenform sein Hauptmotiv für Lampen, Bilder, Garderobenständer und sonstigen - na ja sagen wir mal - „Luxusgegenständen" war. Künstler eben ...!! Solange er sich nicht seine Rohstoffe bei mir besorgen wollte, konnte ich damit leben. Jedoch muss auch er sich seinen Unterhalt als Aktensortierer jeweils dreimal wöchentlich bei einer Bank verdienen. Für hiesige Künstler ist das fast so schlimm wie Sibirien für russische Nobelpreisträger. Aber der Durchbruch naht - nun schon seit 25 Jahren ...

Der deutsche Kellner im „Serafina", der uns versicherte, dass wir gerade Salman Rushdie (der hier britische Steuergelder unters Volk bringt) und ein paar Models der Elite Modelagentur verpasst haben, ist eigentlich Opernsänger (ja was sonst? Kellner etwa.?!?). Leider ist er nur noch nicht so richtig entdeckt worden. In dieser Stadt gebe es eben nur sehr gute Künstler, die aber fast alle – wie natürlich auch er - verkannt würden. Die Stadt sei in dieser Beziehung wirklich bösartig. Obwohl gerade er die große Ausnahme sei, wo er doch für seine

Inszenierung in Cleveland von der Presse als „Genius" gefeiert wurde. Von welcher (Schüler-?) Zeitung er hochgelobt wurde, blieb allerdings unklar. Oder sollte ich an dieser Stelle meine berufsbedingte Skepsis ein wenig zügeln!? Aber ein guter Kellner war er dennoch.

Sowieso habe ich das Gefühl, dass diese armen Künstlerinnen, die Tänzerinnen, Schauspielerinnen, Dichterinnen u.s.w. mit ihrer so genannten Kunst nur Erlebnisse verarbeiten, die tagtäglich auf sie einprasseln und für die kein freundlicher Onkel mit einer Couch zur Verfügung steht. Zuhause wär' das eben nicht passiert!

Nun meine These: Man wird in New York niemanden finden, der nicht eine Berufung für etwas Höheres hat. Wer schon oben angekommen ist, fliegt eben auf die Bahamas oder kauft sich das Bürgermeisteramt. Die Schuhverkäuferin dagegen flüstert ihre Theatertexte vor sich hin. Der Schalterbeamte trägt sein erstes Drehbuch mit sich rum („denkt ruhig, ich sei langweilig ..., ihr werdet schon sehen ..."). Und die Serviererin übt schon mal den „catwalk", was ja nicht gerade schlecht ist, solange die Suppe auf dem Teller bleibt. Keiner ist, was er macht: „Eigentlich bin ich ja Künstler ...". Aber wer wird entdeckt? Wahrscheinlich der kleine Hot Dog-Verkäufer aus der Südukraine, bei dem es nicht zum Taxifahrer gereicht hat (was einen ja schon wundert, bei hiesigen Fahrstandards!). Er jedoch will nicht hoch hinaus. Darum lieben ihn alle. Und vielleicht himmeln ihn bald auch die Fernsehzuschauer seiner neuen Talkshow („Beeflife") an? Jedenfalls bin ich froh, dass ich kein Künstler bin und eine rechtschaffende Profession ergriffen habe. Da weiß man schließlich, was man hat.

Nicholas Ziegert [12/2001]

Übrigens, habe ich euch schon von meinem neuen Gedichtband erzählt ...?

Abenteurjagden

Was waren das für gute alte Zeiten als etwa ein Phileas Fogg noch der Siegerehre wegen in achtzig Tagen um die Welt reiste, große Forscher und Entdecker die Ozeane überquerten, Urwälder durchdrangen, Wüsten überlebten und Gipfel stürmten.

Aber was für Möglichkeiten bleiben uns heute noch für ein „Abenteuer"? Das einfache „Sich-in-Gefahr-Bringen" kann es nicht sein. Bungee- oder Fallschirmspringen, Tieftauchen, ja alle Extremsportarten verschaffen uns zwar Adrenalinstöße, Originelles, Herausragendes, Ehrenhaftes, wie z.B. die Rettung der Bundeslade und das Suchen nach dem heiligen Gral, ist damit jedoch nicht verbunden. Wie schwer es ist, richtige Abenteuer zu finden, spüren auch die echten Hochseesegler. Nachdem die Welt in alle Himmelsrichtungen, unter jeglicher Betakelung, mit unterschiedlichsten Behinderungen, allein oder in Gemeinschaft schon viele Male umsegelt wurde, gibt es nur noch eine echte Herausforderung: einhändig, gegen die vorherrschende Windrichtung, mit nur einer

Unterhose, während der Fußballweltmeisterschaft die Welt zwölf Mal zu umsegeln …

Das ist sicher spannend, aber ein wirkliches Abenteuer? Wo aber sind die Grenzen, die wir heute noch durchschreiten können, die beachtet und bewundert werden? Ein Steve Fosset kann auch noch mit ach so unterschiedlichen Vehikeln versuchen, als erster die Welt zu umrunden oder in den Weltraum emporzusteigen. Genauso wie dieselben Versuche eines Richard Branson sind dies doch nur noch die Spielereien gesättigter Multi-Milliardäre.

Es gibt sie aber doch noch, die Abenteuer auf der Jagd nach ganz Besonderem. Bei dieser Jagd rotten wir keine Arten aus, denn es gibt derer unendlich viel. Sie sind einzigartig, weil niemand dieselben findet. Und wir besitzen sie ein Leben lang, obwohl sie nicht unsere sein müssen.

Es ist natürlich die Jagd nach den Geschichten des Lebens …

Nicholas Ziegert [07/2004]

Von der Kunst des Erfindens – oder, wie man Dichter wird ...

Was mich umtrieb, war die Frage danach, wie man erfindet – so etwa, wie ein Schriftsteller Szenen, Wendungen oder Handlungsverläufe erdichtet und was wohl dann die Dichtung ist.

Lese ich den Ulysses, begegne ich einer Reisebeschreibung der Gedanken- und der realen Welt, die der Autor selbst oder durch andere erfahren hat und in Worte gießt. Hemingway lässt jeden Faustkampf, den er jemals bestanden oder miterlebt hat, minutiös in seinen Romanen wieder aufleben und scheint auch sonst keine Welt zu erfinden, die er nicht selbst auch zumindest – ob nüchtern oder nicht - gestreift hat. Ist die traurige Wahrheit also, dass wir gar nichts erfinden können, sondern lediglich die Fähigkeit der Beschreibung haben? Liegt der kreative Akt der Dichtung dann doch nicht im Werk, sondern schlicht davor, in der Gestaltung des Lebens? Wessen Gedanken hat Platon geklaut, bevor er die Ideenwelt der Antike formulierte? Gibt Novalis lediglich gefühlsbesoffen, durchdrungen von „Leidenschaft", „Freuden", „Weinen" und „Göttlicher Bedeutung" ein Abbild seiner romantischen Gefühlswelt wieder, ohne sie zu erfinden? Dann haben die Erfindungen der Dichter doch wohl tatsächlich viel mit dem „Finden" gemein. So muss es sein. Der Erfinder und Dichter ist bloß Schreiberling, Chronist und Übersetzer seiner inneren und äußeren Eindrücke, in die er uns mal mehr, mal weniger getreue Einblicke gewährt.

Wie autobiographisch ist ihr Werk?, wird oft von schlauen Journalisten gefragt, die ein schlüpfriges Detail der realen Welt des Autors zuordnen wollen. „Erfunden und erdichtet" wird dann gerne gelogen. Denn der inneren Vorstellungswelt entsprangen die Schlüpfrigkeiten, Abenteuer und alles andere unbestritten. Nur können wir hoffen, dass einige Details die Gedankenwelt nicht in Richtung Realität verlassen haben. Was also ist die schriftstellerische Kunst des Erfindens? Das Innerste, einmal geschüttelt oder gerührt?! Lesen und Schreiben ist zwar gut, man muss aber vor allem achtsam sein, auf Kleines und Großes und Inneres und Äußeres. Dann ist es wohl auch von untergeordneter Bedeutung, ob ich meine innere Welt als Physiker mit E=m*c hoch 2 umschreibe, die Natur wie Leonardo kopiere oder mit Klecksen und Strichen wie ein Beethoven meine sinnlichen Wahrnehmungen und Vorstellungen niederschreibe. Wer komponiert, muss Musik hören, wer zeichnet, muss Figuren kennen, und wer schreibt und das ist hier besonders interessant muss seine innere und äußere Erfahrungswelt bereichern. Andernfalls hat man wie v. Stuckrad-Barre mit 30 schon sein ganzes Leben erzählt und mit seiner Zeit als Begleiter von Anke kann er auch kein Buch mehr füllen. Drum meine kleine - „gefundene" - Conclusio: Die Kunst des Schreibens ist die Kunst des Lebens.

Vive la vie!

Nicholas Ziegert [06/2004]

KISS - Keep It Simple and Stupid

„Das Bedenklichste ist, dass wir noch nicht denken; immer noch nicht, obgleich der Weltzustand fortgesetzt bedenklicher wird." Das hat Martin Heidegger schon (!) Anfang der fünfziger Jahre erkannt. Und obgleich von Plato über Voltaire bis Nietzsche und Popper wohl alle großen Philosophen ähnliche Gedanken äußerten, möchte ich mich hierzu auch noch mal kurz zu Wort melden, ... äh, äh ..., schnipp, ...schnipp, ... ich, ich ..., wie man das als alter Streber eben so macht.

Pisa hin oder her (ob die Studie wohl wegen der Schieflage der Bildung so genannt wurde?), nicht unsere Lehrer haben allein Schuld an der Denkmisere, schließlich waren sie ja auch nur wieder Schüler von anderen Lehrern und sind damit exkulpiert, sondern die Fähigkeit des Gehirns zu lernen, ein Gedächtnis zu haben und Querverbindungen herzustellen sind die Wurzeln allen Übels. Jede Erfahrung in unserem Leben macht uns vorurteilbehaftet, wir kombinieren uns in ein kollektives Misstrauen hinein und, kreativ wie wir sind, argumentieren wir alle Anhaltspunkte hinweg, die nicht dem berühmten „ersten Eindruck" entsprechen. Oder?

Spricht dort ein Menschheitspessimist? Ganz im Gegenteil! Eher spiele ich mich als Indiana Jones auf, der auf „der Suche nach dem verlorenen Schatz" die Gehirne der Leser - und auch meines - mal wieder von der Kruste des Alltags befreien und die darunter versteckten Schätze vergangener Denkglanzzeiten wieder zum scheinen bringen will.

Haben wir nicht alle Klischees und Vorurteile, die wir pflegen und hegen, wie es Thierse mit seinem Bart nicht besser machen könnte. Da treffen wir doch irgendwann im Leben eine Person, die uns auf Anhieb unsympathisch ist. Der murrige Nachbar von nebenan vielleicht. Was hat dieser noch für eine Chance? „Ah, ja, samstags um drei Rasenmähen - wo er doch weiß (!), dass ich dann Mittagsruhe mache. Das macht der bestimmt extra!" Unsere graue Masse wird jede Information im Zusammenhang mit dieser Person darauf überprüfen, ob sie in das Raster „unsympathisch". passt. Andere Infos fallen leider durch. Das Gehirn „lernt" also. Es verursacht immer wiederkehrende Nervenreizungen, die einen Pfad durch den Dschungel der Synapsen und Nerven im

Gehirn schlägt. Repetitio - das alte Schulrezept, das keinem schmeckt, wird hier mal wieder zum Fluch. Entferntere Informationen finden keinen Anschluss und werden gleich wieder zugewuchert. Wer kann schon auf Anhieb wirklich vorbildliche Charaktereigenschaften von George Busch junior nennen, obwohl es sie im selben Maße wie die anderen auch gibt? Insbesondere als fleißiger Spiegelleser! Immerhin ist nicht bekannt, dass er seine Kinder schlägt! Und neulich hat mir ein schwarzer Bettler gesagt, dass er das World Trade Center immer noch vor sich sehe - aber vielleicht hatte das dann doch mit etwas anderem zu tun ...

Jedenfalls, um beim Big Apple zu bleiben, dieser wäre wohl heute immer noch nicht entdeckt, wenn die kollektive Wiederholung „Die Welt ist eine Scheibe" nicht durchbrochen worden wäre. Generationen wurde das eingeimpft, was der Doktrin der Kirche entsprach. Und das Offensichtliche wurde übersehen. Und was ist heute unsere „Scheibentheorie"?

Die Schwäche unseres Gehirns wird maßlos ausgenutzt. Wie ein jeder Marketingmensch schon in der Einführung zur Kundenbearbeitung lernt, gehört KISS - Keep It Simple and Stupid – zum Grundhandwerkszeug der Verkaufsmaschinerie.

„Miracoli" ist alles, was es braucht, um die Familie glücklich zu machen - so die Werbebotschaft. So einfach ist das. KISS heißt auch wieder nur KISS und nicht KTSS, weil Keep Them Simple and Stupid wohl doch zu offensichtlich gewesen wäre. Aber auch hier wieder fällt die Schuld nicht auf die Werbemacher; es ist eben unser Gehirn, das so funktioniert.

Und was ist mit der viel gepriesenen Lebenserfahrung? Sie mag ja doch einiges für sich haben. Aber manchmal geht es doch zu weit. Verhindert sie nicht all zu oft die richtige Bewertung der Gegenwart. Lieber Opa, du brauchst heute nicht mehr für mindestens drei Monate Vorräte im Keller zu haben! (Oder heute etwa doch wieder?)

Meist werden neue Entscheidungen doch zu stark von einzelnen Erfahrungen geprägt, die weder den gewandelten Umständen noch den Menschen gerecht werden. Selbst im Alltag sind wir schon befangen durch unsere Erfahrung. Als Kind hat mich ein außerordentlich fieser Hund gebissen. Dafür bestrafe ich heute jeden Hund, den ich treffe, so lieb und natürlich er auch sei, mit dem Generalverdacht des Beißers (und der Hund mich im Gegenzug mit dem Generalverdacht des Schi...). Mit einer Übertragung dieses Schemas auf Menschen möchte ich gar nicht erst anfangen ... Und wenn schon, das Gehirn ist ja schließlich schuld.

Aber viel ernster wird diese Verblendung durch vergangene Ereignisse, wenn die Personen mit Erfahrung etwas für uns zu entscheiden haben. Es ist schon erstaunlich, wie langsam sich „the land of the free" davon lösen kann, alles Land außerhalb des Motherland Amerika als potentielles Empire of the Evil zu sehen - mit Ausnahme „Heidelbörgs" natürlich. Alte Denkschub"laden" (ein Omen??) werden wieder aufgezogen.

Nur ein toter Taliban ist ein guter Taliban. Kommt uns das nicht irgendwie bekannt vor? Die Ehegattin des Vizepräsidenten Dick Cheyney steht einer Organisation vor, die sich der „Pflege des Amerikanismus" verschreibt. Diese hat in einer Zeitungskampagne Professoren angeprangert, die es gewagt haben, Kritik an dem Vorgehen der USA in Afghanistan zu üben, oder sogar nur ein paar nachdenkliche Äußerungen zu machen. McCarthy-Ära-Revival? (Anm. d. Red.: Senator McCarthy hat in den 50er Jahren eine beispiellose Hetzkampagne gegen angebliche Kommunisten gestartet und versucht, verdächtige Personen aus ihren Ämtern oder beruflichen Stellungen zu vertreiben.) Meinungsfreiheit für jeden, der meiner Meinung ist. Basta. Vielleicht habe ich da aber auch nur wieder etwas über das Lernen nicht richtig verstanden. Vielleicht.

Das Gehirn kann uns aber noch weitere Schwierigkeiten bereiten. Ich erwarte mit Schrecken den Tag, an dem das erste Kleinkind - ähnlich dem Experiment von Konrad Lorenz - seine Nintendo-Spielkonsole mit Mama anspricht. Man weiß auch überhaupt nicht mehr woran man glauben kann und was nur Trugbilder sind. Gibt es denn Weihnachten überhaupt noch oder hat der Grinch das Fest nicht schon längst gestohlen? Vielleicht hat der Grinch einfach was anderes dafür dagelassen. „Umnachten" vielleicht? Aber dafür sind, dem Himmel sei Dank, zu viele Lichter auf der Straße - zum Ausgleich dafür, dass sie vielen manchmal nicht selber aufgehen mögen. Der Politiker mit dem Bin Laden-Zwischenruf gegenüber Trittin hätte Kolumnist werden sollen, bei diesem Wortwitz! Wir müssen uns aber nicht sorgen, das Gehirn ist ja schließlich schuld.

Neueste Forschungen ergaben übrigens, dass auch im fortgeschrittenen Alter noch Nervenzellen im Gehirn gebildet werden. Es besteht also doch noch Hoffnung!

Nicholas Ziegert [12/2001]

Business in New York

Nach Karl Marx dürfte es eigentlich New York in seiner heutigen Form überhaupt nicht mehr geben. Eine Stadt die - nicht zu Unrecht - als Zentrum des Kapitalismus der Welt gilt, hätte schon längst durch das Aufbegehren der unterdrückten Massen ausgelöscht werden müssen. Aber wo man auch hinblickt, der Kapitalismus lebt. Nur an wenigen Orten der westlichen Welt kann man das tägliche Streben nach dem Mehrwert so lebendig erfahren, wie in New York. Straßenverkäufer haben sprichwörtlich alles im Angebot. Bei Sonnenschein schießen die Sonnebrillen- und NY-Cappies-Verkäufer hervor. Mit den ersten Regentropfen schoppern Horden von Chinesen mit ihrem Angebot an Regenschirmen zu den Ausgängen der Subwaystationen und den Eingängen der teuren Hotels („Umblellaaas"). Insbesondere in Chinatown ist von Rasierern, Parfüm und Pornoheftchen alles zu haben, was der alleinreisende Geschäftsmann so braucht. Von „smoke", was ich Anfangs für eine simple Grußformel unter der Parkbevölkerung bei Einbruch der Dunkelheit hielt, ganz zu schweigen.

Das Gewinnstreben scheint den New Yorkern in die Wiege gelegt zu sein. Oder? Vielleicht ist es aber auch nur der tägliche Überlebenskampf in einer Stadt, die so teuer ist, das selbst ein einfaches Leben zum Luxus wird. Ein simples Bier, das selten unter acht, aber oft über zwölf Mark (bzw. rund 6 Euro) kostet, muss erst einmal erwirtschaftet werden. Ein Bettler muss dafür in zwei bis drei U-Bahnwagen seine Leidensgeschichte mit gewaltigem Pathos vortragen, die puertorikanische Bedienung im brooklyner Coffeeshop muss dafür eine Dreiviertelstunde den Kaffee bewachen und sich in dieser Zeit mindestens einmal von einem einsfünfzig mal einsfünfzig kleinen Landsmännchen auf den Hintern klopfen lassen und das illegale, unregistrierte, das Tageslicht nicht sehende, chinesische Schneiderlein hat Glück, wenn diese Summe für ihn an einem ganzen Tag herausspringt. Nur die Anwälte kratzen sich dafür noch nicht einmal am Kopf. Aber daran werden sich einige wohl bald wieder gewöhnen müssen. (Nicht an das Kratzen natürlich!). New York zwingt zur Arbeit, zur immerwährenden Betriebsamkeit. Das haben sogar die Künstler (!) entdeckt, denn selbst die arbeiten ja manchmal und wenn es nur in solchen Äußerungen wie: „that looks sooo great on you..." in einem Edelfummelladen am Broadway (immerhin schon da!) besteht.

Aber wo ist das kalte, ja unbarmherzige Wesen versteckt, das wir sofort mit dem amerikanischen Kapitalismus verbinden? Leute werden tatsächlich einfach nach Bedarf entlassen. Wer keinen Job hat, kann sich New York auf die Dauer nicht leisten. Auf Beständigkeit kann sich keiner verlassen und in der Arbeitswelt weht ein kalter Wind. Ja, aber! New Yorker finden auch leichter wieder Arbeit. Entlässt sie Ford, stellt sie der Mechaniker um die Ecke wieder ein. Gehen Handys nicht mehr, versucht man es mit Musicaltickets, usw. Selbst die puertoricanische Bedienung freut sich irgendwie über den Klapps, weil sie schließlich den einsfünfzig mal einsfünfzig Mann zum Manne hat. Und das tapfere Schneiderlein wäre in Rotchina schon längst verhungert.

New Yorker sind flexibel bzw. müssen es sein. Mein Frisör hat kürzlich ein Sortiment Schuhe in sein Schaufenster gestellt. Er habe das Gefühl, das seine polnischen Landsleute jetzt eben Schuhe bräuchten. Und beim Haareschneiden störe das ja schließlich nicht. Und ob ich nicht einen neuen, gebrauchten Massagesessel benötige, er hätte da gerade einen an der Hand.

Dem steht mein russischstämmiger Vermieter Iliyakowitz in nichts nach. Außer, dass er für meine Wohnung im Sexvideothekenviertel von Brooklyn mir jeden Monat ein kleines Vermögen abknöpft, sprudelt auch in seinem betagtem Alter immer noch der typische New Yorker Geschäftssinn (der hier aber wohl eher durch die Möglichkeit zur Flucht vor seiner Ehefrau angetrieben wird). Russische - echte - Ikonen gebe es in New York viel billiger als anderswo. Come, I introduce you to some friends ... Wir sollen nicht nach Russland gehen. Da würden wir nur übers Ohr gehauen. Aber Iliyakowitz kann man vertrauen ... Immerhin hat er mit seiner kleinen Firma das Klimaanlagensystem des Trumptower entworfen, was er uns auch immer wieder gerne erzählt. Und jetzt ist er gerade in Weißrussland unterwegs um Recyclinganlagen an die dortigen Stadtväter zu verkaufen. Ruhestand - das gib's hier nijet.

Und da muss das Geheimnis dieser Stadt liegen. Anything goes! Und das lieben die New Yorker. Frederico zum Beispiel, der Besitzer des mittlerweile berühmten italienischen Restaurants Taci, hat sein Lokal zu einer Goldgrube gemacht. Jeden Freitag und Samstag lädt er in sein Restaurant junge Operntalente zum Singen ein. Nach zehn Uhr ist dann im Taci kein

Platz mehr zu bekommen - und das bei einem Mindestverzehr von zwanzig Dollar pro Nase. Frederico schreitet dann lächelnd von Tisch zu Tisch, um seine Gäste - mit bestem italienischen Charme natürlich - zu begrüßen. Natürlich weiß man, was dahinter steckt. Aber wenn man nach den ersten Opernarien zu feinsten italienischen Tortellini in die verzauberten und glücksseligen Gesichter der Gäste blickt, dann erkennt man, wo das Geheimnis von New York verborgen ist...

Nicholas Ziegert [01/2002]

An Introduction to Glasgow

Glasgow liebt man oder man hasst es, aber kalt lässt die Stadt am Clyde wohl keinen. Die Stadt hat ihren eigenen, etwas rauhen Charme. Was aber den besonderen Reiz Glasgows ausmacht, sind gerade seine vielen Gesichter und ganz besonders seine Bewohner.

Um 1750 nahm die Stadt aufgrund des Monopols für den Tabakhandel im Vereinigten Königreich einen rasanten Aufschwung. Die Klipper vom Clyde erreichten die amerikanische Ostküste und damit die Tabakplantagen von Virginia ein bis zwei Wochen früher als die Konkurrenz aus London. Aber auch Zucker aus Westindien brachte satte Gewinne. Die reichen Kaufleute ließen mit der Errichtung von Warenhäusern in der „Merchant City" einen ganzen Stadtteil entstehen. Die enge Verbindung Glasgows zur Ostküste der USA spiegelt sich hier in der schachbrettartigen, an Manhattan erinnernden Anlage der Straßen und Straßennamen wie „Virginia Street" wider.

In dieser Blütezeit entstanden unzählige der prächtigen viktorianischen Häuser, die sich überall im Stadtzentrum finden. Darunter die „Trades Hall", das

Krankenhaus „Royal Infirmary" und die „Courts of Justice". Überall an den Fassaden finden sich Verzierungen, Reliefs, Säulen und Figuren. Wer sich bisher daran gestört hat, dass es in Glasgows Straßenbild keine Bäume gibt, kommt nun zu seinem Recht: Über den Dächern wachsen kleine Birken und Vogelbeeren. Die Winkel und Ritzen der alten Gemäuer bieten reichlich Möglichkeiten zum Wurzeln schlagen. Was im ordentlichen Deutschland kaum toleriert würde, kümmert hier keinen.

Der Tabakhandel fand mit der Unabhängigkeit der amerikanischen Kolonien 1775 sein Ende. Zu diesem Zeitpunkt hatte Glasgow bereits begonnen, sich zur Industriestadt zu wandeln. Der neue „Monkland Canal" verband die Stadt mit den Kohlengruben in den Highlands. Diese lieferten den Brennstoff für neue Industrien: Schiffbau und Stahlproduktion, aber auch Baumwollspinnereien. Die Hütten und Werften brauchten Arbeiter. Tausende verarmte schottische Bauern und arbeitslose Handwerker aus Irland strömten in die Stadt. Im Jahr 1812 lief das erste seetüchtige und kommerziell fahrende Dampfschiff der Welt vom Stapel, nicht ohne Grund auf den Namen „Comet" getauft. Mitte des 19. Jahrhunderts kamen ca. zwanzig Prozent aller in Großbritannien gebauten Dampfschiffe vom Clyde. Bekannte Schiffe wie die „Lusitania", die „Queen Mary" und die „Queen Elisabeth" wurden in Glasgow gebaut. Glasgower Reeder gründeten erfolgreiche Überseehandelslinien, darunter die bekannte „Cunard-Line".

„Ich würde auch eine Handelslinie zur Hölle aufmachen, wenn ich nicht wüsste, dass Sie da schon einen Agenten haben", frotzelte einmal ein Reeder gegenüber seinem Konkurrenten.

Da Ende des 19. Jahrhunderts jeder fünfte Schotte in Glasgow lebte, herrschte in den Arbeiterslums eine unerträgliche Wohnraumknappheit. Die hygienischen Verhältnisse waren in ganz Europa berüchtigt. Wohlhabende Bürger sahen zu, dass sie ins außerhalb gelegene „West End" zogen, wo sich auch die „University of Glasgow" und der idyllische „Kelvingrove Park" befinden. Auch ein Komplettabriss ganzer Wohnbezirke und der Neubau von Wohnblocks Ende des 19. Jahrhunderts änderte an den miserablen Wohnverhältnissen wenig.

Mit dem Erstarken der asiatischen Konkurrenz in den 60/70ern war es um den europäischen Schiffbau geschehen. Das Werftensterben hat Glasgow sehr schwer getroffen. In nur einem Jahrzehnt verloren

170.000 Glaswegians ihren Job. Daneben war der Mangel an Wohnraum stets ein Problem geblieben, an welchem auch die Errichtung von Hochhaussiedlungen in der Peripherie nichts änderte. Als deren Folge verödete die Innenstadt. Gewalt, Kriminalität und Resignation in Trabantenvierteln wie Castlemilk wuchsen. Dass die Gebäude aufgrund der verbreiteten Kohlenheizungen noch dazu von einer dreckigen Rußschicht überzogen waren, machte die Stadt nicht gerade hübscher.

Im Jahr 1976 begann dann ein ehrgeiziges Großprojekt. Unter dem Slogan „Glasgow's miles better" (je nachdem wie man es liest, ist Glasgow also Meilen besser oder es lächelt netter) wurden die Sandsteinfassaden in der Innenstadt gesandstrahlt. Die Früchte der Mühen zeigten sich im 1990, als Glasgow zur „Kulturhauptstadt Europas" gewählt wurde und damit auf einmal auf einer Stufe mit Athen, Florenz und Paris stand. Das letzte Prestigeprojekt ist die Errichtung des „Glasgow Science Centre" im Jahr 2000. Auf alten Werftgeländen am Clyde entstand ein Wissenschaftsmuseum mit IMAX-Kino und einem 100 Meter hohen Aussichtsturm. Die Stadt wandelt sich zur Dienstleistung-Metropole. Der damit verbundene Aufschwung zeigt sich etwa in der

„Merchant City". Die alten viktorianischen Gebäude werden aufwendig renoviert. In viele der früheren Lagerhäuser sind schicke Pubs und nette Restaurants eingezogen.

Was die Einkaufsmöglichkeiten angeht, so soll Glasgow inzwischen nach London die beste Einkaufsstadt Großbritanniens sein. Trotzdem war es nicht möglich eine Kurzkopf-Zahnbürste aufzutreiben. Shoppen und bummeln kann man in der ganzen Innenstadt, am besten jedoch auf den Haupteinkaufsstraßen „Buchanan Street" und „Sauchiehall Street". Hier finden sich neben den obligatorischen Filialen von Ketten wie H&M oder Virgin Megastore auch traditionelle „Kiltmaker" wie James Pringle oder Victor Russel. Das komplette Schottenoutfit mit Kilt und Prince Charlie-Weste gibt's ab 350,- Pfund.

Daneben bietet Glasgow auch für alle Kunstinteressierten etwas. Für Architekturliebhaber finden sich neben viktorianischer Architektur viele Gebäude von Charles Rennie Mackintosh, dem schottischen Repräsentanten des Jugendstil. Diese ungewöhnliche Kombination war wohl auch der Grund, weshalb Glasgow 1999 „UK City of Architecture & Design" wurde.

Kunstliebhaber finden in der renommierten „Burrell Collection" neben Werken von Rembrandt und Rodin auch mittelalterliche Glasmalereien und chinesische Keramik. Da die meisten Museen und Galerien freien Eintritt gewähren, gehen viele junge Familien am Wochenende ins Museum. So wimmelt es beispielsweise im „Kelvingrove Museum" im West End von Kindern, die von den Rüstungen und Dinosaurierskeletten begeistert sind. Schön ist die "Gallery of Modern Art" am Royal Exchange Square. In dem viktorianischen Gebäude kommt die ausgestellte moderne Kunst gut zur Geltung. Nach Shopping und Museumsbesuch sollte man sich in eins der Cafés am Royal Exchange Square setzen und die vorbeiziehenden Leute anschauen. Wem es dann nicht in Glasgow gefällt, dem ist auch nicht mehr zu helfen.

Auch die Stadtverwaltung, das „Glasgow City Council", ist rührig und bemüht, die Attraktivität der Stadt zu steigern. So gab es 2002 erstmal das „Festival of Love" (09.-17.02.). Statt einer Techno-Parade jugendlicher Raver um den George Square gab es romantische Konzerte und Übernachtungsspecials für Liebespaare. Es wurde nämlich des Heiligen Sankt Valentin gedacht, dessen sterbliche Überreste seit

1868 als Reliquien in einer Glasgower Kirche ruhen. Daneben ist geplant, Teile des neuen Bond-Filmes in den Glasgower Docks zu drehen, darunter eine Hovercraft-Verfolgungsjagd. Die Verhandlungen mit den Studios laufen noch. Aber James Bond ist schließlich Schotte und die „Evening Times" schrieb „It's about time that James comes home". Es tut sich also an vielen Ecken etwas.

Das Schönste an Glasgow sind aber seine Bewohner. Was den typischen „Glaswegian" ausmacht, fasste ein Freund aus Glasgow in einem Satz zusammen: „We talk to anybody and we drink a lot". Beides stimmt. So überquerte ich einmal die High Street gemeinsam mit einem Mann, der seinen sehr aufgekratzten Sohn an der Hand hielt. Das Herumgehampel seines Sohnes erklärte der Mann mit den Worten „I took him to the pub with me and he had his first pint today". Unvermeidlich kamen wir ins Gespräch. Woher ich denn käme? „From Germany? Oh, smart people, the Germans", befand er „and good soldiers as well". Manche Schotten freuen sich immer noch darüber, dass die deutsche Luftwaffe im zweiten Weltkrieg primär Ziele in England bombardierte. Die Schotten blieben von Luftangriffen weitgehend verschont. Trotz der bereits seit 1707 bestehenden Union zwischen England und Schottland ist man sich immer noch nicht ganz grün. Aus der kurzen Unterhaltung beim gemeinsamen Überqueren der Straße entwickelte sich ein viertelstündiger Heimatkundevortrag. Bei dieser Gelegenheit erfuhr ich, dass mein Wohnblock auf dem Gelände einer ehemaligen Chemiefabrik errichtet worden ist. Und dabei hatte ich die gelegentlichen Kopfschmerzen am Morgen nach dem Pub-Besuch auf den übermäßigen Genuss des Glasgower Lokalbieres „Tennants" geschoben, welches mitten in Glasgow unterhalb des alten Zentralfriedhofes gebraut wird.

Bei anderer Gelegenheit bestaunte ich in einem Buchladen die dortige Kuppeldecke und fragte einen jugendlichen Buchhändler mit Pferdeschwanz nach der früheren Funktion des Gebäude. Dieser Mensch spulte daraufhin die gesamte Geschichte des Gebäudes ab. Von der Errichtung als Stadtvilla eines wohlhabenden Tabakbarons über die Wandelung zur Börse, zum Bankgebäude und nun zur Buchhandlung. Sein Kollege kassierte, warf nebenbei die entsprechenden Jahreszahlen und ein tadelndes „No, Martin, that was 2 years later, in1818" ein. Man ist stolz auf seine Geschichte und interessiert sich entsprechend dafür.

Ob beim Warten an der Ampel oder beim Anstehen in der Schlange im Café, früher oder später kommt man mit jemandem ins Gespräch. Dies geschieht aber stets auf eine nette und zwanglose Art. Aufdrängen tut sich niemand. Als Ortsfremder beginnt man dies spätestens dann zu schätzen, wenn man verloren mit dem Stadtplan in der Hand auf der Straße steht. Eine ältere Dame an der Bushaltestelle zu mir: „What are you looking for, son"? Die so-und-so-Straße. Mit den Worten „That's just over there, I'll show you" zog sie mit mir los. Dass dabei ihr Bus an uns vorbei fuhr, quittierte sie mit einem „Oh, I'll just take the next one".

So kann es auch im Pub zu netten Gesprächen kommen. Dort schlägt wohl eigentlich das Herz der Stadt, denn getrunken wird gerne und oft. Die zahlreichen Pubs werden häufig gleich nach der Arbeit mit den Kollegen angelaufen und sind schon um 18.00 Uhr erstaunlich voll. Anders als in deutschen Kneipen ist das Publikum altersmäßig sehr gemischt. Mittvierziger sitzen mit Erstsemestern Tisch an Tisch und beide Gruppen haben ihren Spaß. Beliebt sind „Hen Nights", die teilweise unglaubliche Anblicke bieten. So pressen sich bei diesen Gelegenheiten stattliche Frauen in den Enddreißigern in hautenge Bananenkostüme. Wenn um Mitternacht die unsägliche Sperrstunde eingeläutet wird, ist der Pegel allgemein beachtlich. Einerseits sorgt die Sperrstunde dafür, dass die Abendaktivitäten früher beginnen als in Deutschland. Andererseits ist der Abend um so kürzer. Wer dann einen gewissen Pegel erreicht haben möchte, darf sich nicht an seinem Bier festhalten.

In der Zeit zwischen Mitternacht und ein Uhr sind die Straßen fast so gut gefüllt wie zur Haupteinkaufszeit, denn in Glasgow das lebendigste Nachtleben Schottlands zu finden. Während sich die einen auf den Weg nach Hause machen, ziehen Studenten und junge Leute weiter vom Pub in die Clubs. Die Mädchen tragen selbst winters und bei eisiger Kälte Minirock. Sehr schön ist das aber meist nicht ... Denn treffen tun sich alle an einer der Fish & Chips-Buden, was nicht jeder Figur und jedem biergefüllten Magen bekommt. Der nächtliche Nachhauseweg ist häufig ein Slalomlauf um Erbrochenes und Rinnsale, in die man lieber nicht treten möchte. Tradition hat es, abends die Skulptur von Lord Wellington und seinem Pferd Kopenhagen vor der „Gallery of Modern Art" zu erklettern und jedem der beiden ein Verkehrshütchen aufzusetzen. Daran ist man nach mehrmaligem

Vorbeigehen so gewöhnt, dass man stutzt, wenn die Hütchen mal von der Stadtreinigung entfernt worden sind.

Auffallend ist die allgemeine Höflichkeit. Während mir hierzulande beim Kaufhausbesuch meist die Tür ins Gesicht geworfen wird, hielten mir selbst richtiggehend fies aussehende Burschen artig bei Marks & Spencer die Tür auf. Nur in Glasgow habe ich es erlebt, dass sich jemand bei mir entschuldigte, nachdem ich ihn beim Einkaufen versehentlich angerempelt hatte. Sobald sie sich aber ans Steuer setzen, legen die Glaswegians ihre Höflichkeit zumindest Fußgängern gegenüber ab. Gebremst wird nicht. Besonders gefährlich sind die Taxen, die auch in Farbe und Aussehen einem Leichenwagen nicht unähnlich sind. Während normale Fahrer einen nur ungebremst überrollen wollen, scheinen Taxifahrern noch zu beschleunigen, sobald sie einen erspäht haben. Wer einmal mitangesehen hat, wie ein Taxi einem Unglücklichen über den Fuß donnert und dann am Horizont verschwindet, der lernt die Straße sehr schnell zu überqueren.

Dass Glasgow trotz seiner liebenswerten Bewohner immer noch ein eher rauhes Image anhängt, beruht wohl auf seiner Vergangenheit als Arbeiterstadt. Von

Tätlichkeiten habe ich indes kaum etwas mitbekommen. Nur zwischen Fußballfans der Fußballvereine „Celtics" und „Rangers" brechen offene Feindseligkeiten aus. Dabei wird die sportliche Konkurrenz noch durch die „secretarianism" genannte Religionsfeindschaft verstärkt. Diese ist nach wie vor ein spezielles Problem in Glasgow. Während die Celtics-Fans aufgrund der Vereinsgründung durch irische Einwanderer traditionell Katholiken sind, sind die Rangers ein protestantisch geprägter Verein. Der Nordirland-Konflikt beeinflusst die Situation und regelmäßig kann man Umzüge des protestantischen „Oranierordens" durch die Innenstadt beobachten.

Insgesamt ist Glasgow eine aufregende und liebenswerte Stadt, in der man sich sehr wohl fühlt. Einen Besuch ist die Stadt auf alle Fälle wert.

Patrick Steltzer [11/2002]

Editorial 30.09. 2002

Warme Gedanken

Während wir die warmen Strahlen der Sommersonne noch in unseren Herzen tragen, umgibt uns die Außenwelt bereits mit herbstlichen Eindrücken. Das Laub wird bunt, es riecht etwas kühler und die Regenschauer mehren sich. Die Zeit für ein Kännchen Tee im Lieblings-Literatur-Café bricht an, dabei Menschen beobachten, die in ihren Wintermänteln am Fenster vorbei hasten. Man greift zum Notizbuch und beginnt Gedanken festzuhalten. Gedanken an das, was war, Gedanken an das Jetzt, Gedanken an die Zukunft. Und ganz wie von selbst entsteht etwas. Eine Glosse, ein Gedicht, eine kurze Geschichte. Ehe man es sich versieht, hat man etwas Eigenes geschaffen, etwas Persönliches, etwas von Herzen.

Warme Gedanken tragen dieses Werk, Gedanken, die auch anderen Freude schenken können. Dafür bieten wir die Plattform. Um uns allen den Herbst ein wenig zu versüßen.

Einen tollen Start in den Monat Oktober und einen fröhlichen "Tag der deutschen Einheit".

Tim Isert

III.
Zeitzeichen

Heute im Gym

Nachdem sich sogar eine wildfremde US-Amerikanerin afrikanischer Abstammung (für Insider: a wahle) in der U-Bahnstation darüber lustig gemacht hat, wie dünn denn meine Ärmchen wären und ob ich überhaupt Muskeln hätte, habe ich mich entschlossen, diesen Missstand durch ein hartes Training an allen nur erdenklichen Kraftgeräten zu beseitigen. Und dabei habe ich mich bisher immer ganz wohl mit meiner Figur gefühlt. Aber so sind die Konventionen. Ich bin zwar gesund, aber ich entspreche noch nicht ganz dem herrschenden Schönheitsideal (wer hat verflixt noch mal diese Kraftprotze ins Fernsehen gelassen – früher waren die Frauen doch auch zufrieden!).

Also gut. Dann werde ich mir die für den Konventionen-Anpassungs-Prozess notwendige Zeit von meinen anderen lebenswichtigen Aktivitäten absparen müssen: Fernsehen, Ausschlafen, Rumgammeln, mich in meiner Heimatstadt verfahren, etc. Ab jetzt steht mein Leben unter dem Motto der effizienten Kraftmaximierung. (Für Zuhause könnte ich mir natürlich so einen Spiegel kaufen, der mich gebräunter und muskulöser aussehen lässt, aber den kann ich natürlich nicht in die U-Bahn mitnehmen!). Aber auf mein Bierchen verzichte ich nicht! Soweit kommt es noch (na ja, drei Tage habe ich es mit Tomatensaft ausgehalten, Montag und Donnerstag – aber irgendwann muss man ja schließlich wieder was trinken). Für mein Vorhaben wollte ich natürlich nicht die „kleine" Lösung (sowieso muss ja alles groß sein!) und habe mir deshalb den Fitnesstempel am Ort ausgesucht. Tempel ist zwar etwas übertrieben (hat eher was von einer öffentlichen Kaserne – jeder darf bei dem Drill durch die Glasscheiben zugucken), aber wenigstens Fitness kommt im Namen vor.

Da ich mich ja schon für fortgeschritten halte (immerhin kenne ich die Begriffe „Stützliege" und „Feng Shui"), ging es für mich natürlich gleich ran an die Geräte. Gleich, nein, natürlich habe ich mich, wie jeder brave Muskelschüler, vorher schön nass, äh, warm gemacht.
Ich habe mir sagen lassen, dass Frauen auf so einen V-Rücken stehen (wahrscheinlich, weil viele ihre

Männer sowieso am liebsten von hinten beim Weggehen sehen ...). Dafür muss der Latissimus Dorsi wachsen (Freunde nennen ihn übrigens nur „Lat".). Das Dumme ist nur, dass man seine Fortschritte im Spiegel so schlecht begutachten kann. Und wer fragt seine Freundin schon gerne: „Guck mal, ist mein Lat wieder größer geworden, Schatz?". Viel besser macht sich da die Brustmuskulatur. Erste Fortschritte sind hier sogar schon durch tiefes Luftholen zu erzielen (schade nur, dass man auch mal wieder ausatmen muss ...!) und natürlich im Spiegel zu sehen. Leider stellte ich etwas pikiert fest, dass die beiden Fleischlappen auf meiner Brust nichts mit Muskeln zu tun haben (mit was sonst möchte ich hier lieber verschweigen). Nach den ersten acht Wiederholungen wurde nur eins dick und das waren meine Backen (im Gesicht natürlich!). Es ist schon manchmal erstaunlich, was man noch so für Seiten an sich entdeckt. Ich habe mich immer für einen freundlich dreinschauenden Zeitgenossen gehalten. Aber was mir da bei der zehnten Wiederholung für eine aufgeblasene, puterrote Fratze im Spiegel entgegensah - entsetzlich!

Irgendwie langweilen diese Geräte doch nur. Die Folter ist hier nicht allein die Anstrengung, bestimmt jedoch dieser Zwang zu diesen außergewöhnlich stupiden Bewegungen. (Ob daher dieses natürlich völlig abwegige Klischee von den Bodybuildern kommt?!?) Aber vielleicht bringen die Hanteln da mehr Abwechslung als diese beweglichen Metallständer. Schließlich sehen die Hantelkollegen meist athletischer aus, als die Normalos, die noch auf die Geräte gesetzt werden („machen sie das erst mal acht Wochen..."). Aber meine Beobachtungen sind wohl nicht immer richtig. Neulich habe ich die Vermutung aufgestellt, dass Joggen dick macht, weil ich so viele fette Jogger im Stadtpark gesehen habe....

Aber kommen wir nun zum Schluss. Da hat sich doch tatsächlich so ein Muskelpopanz eine riesige Gewichtsscheibe zwischen die Beine gehängt, um sein Gewicht beim freien Hängen zu vergrößern. So eine Art Ersatz-„Riesenbullenklöten". Ihm war das scheinbar noch nicht einmal peinlich. Er hat sich dabei sogar von einem anderen helfen lassen - bis es richtig hing! Na ja, hinterher hat man mir gesagt, er würde so nur seinen Trizeps an den Übungsstangen trainieren. Ja, ja, mir können die wohl alles erzählen.

Eins steht jedenfalls fest: Ab morgen gehe ich mit meinen Kumpels wieder im Stadtpark Fußball spielen und danach hauen wir uns so richtig Pizza und Bier rein. Prost! ihr Eiweißjunkies!

Nicholas Ziegert [11/2001]

Schweiger

Was ist eigentlich mit Schweigern? Nein, nicht Schwager, Schweiger. Stille Menschen, die nicht so viel reden. Personen, die bei der verbalen Kommunikation mehr Wert auf Qualität legen, denn auf Quantität.

Mein bester Freund sagt: „Ich rede nicht so viel, weil ich nichts Wichtiges zu erzählen hab. Und Smalltalk ist nicht mein Ding."!

Er bewundert und bedauert gleichzeitig Menschen, die die Fähigkeit besitzen, Unwichtiges mittels vieler Worte zum „Topic-of-the-day" zu küren.

„Du redest laut, doch Du sagst gar nichts." (Die Fantastischen Vier)

Diese Menschen stehen immer im Mittelpunkt, haben immer innerhalb kürzester Zeit andere Menschen um sich geschart und werden dann von den meisten Personen dieses Publikums angehimmelt.

Sie sind der Mittelpunkt, denn sie haben etwas zu erzählen und wenn es der größte Bull-Shit ist, es geht schlicht darum, möglichst viele Worte, möglichst gestenreich den Mund verlassen zu lassen. Und darin sind diese Personen Meister.

Zu allem Unglück kommt hinzu, dass diese „Redner"

- wenn es sich um männliche Wesen handelt - immer die tollen Frauen abbekommen. Warum? Tja, das muss man mal die Frauen fragen!

Niemals allerdings, werden diese Quasselstrippen in den wahren Genuss einer geistreichen, inhaltsvollen und produktiven Unterhaltung kommen. Erstens, weil sie nicht wissen, wie es funktioniert und zweitens, weil sie ja lieber selber sprechen, da funktioniert Kommunikation nicht so gut.

Aber das stört solche Menschen auch nicht, denn die haben, während wir anderen gerade interessante Gespräche führen, Sex mit der bezaubernden Brünetten, die allen so gut gefallen hat.

Vielleicht sind Menschen, die das Reden für sich gepachtet haben ein Produkt unserer sogenannten „Generation-Golf", die alles hat, sich alles leisten kann und doch immer den Drang nach mehr hat. Oder eben gerade nicht.

Tim Isert [11/2001]

Selbst die größten Dinge fangen ganz klein an

Eigentlich gehe ich gern auf Parties. Nicht immer, aber immer dann, wenn ich dringend mal wieder einfach ein paar nette Leute treffen will, um zu quatschen und Scheiß zu reden. Meistens bin ich dann aber doch enttäuscht, besonders wenn ich mich vorher drauf gefreut habe.

Das „Darauf-Freuen" habe ich jetzt allerdings abgestellt und seitdem werden die Parties auch wieder besser.

Neulich, auf dem Geburtstag einer meiner Bekannten, habe ich richtig Spaß gehabt, und das lag daran, dass ich Jens kennen gelernt habe. Jens ist wirklich nichts Besonderes, gut, er ist beeindruckend groß, über einsneunzig, aber wer will sich schon immer den Hals verrenken. Sein etwas übertrainierter V-Körper sieht auch eher beängstigend aus und er schafft es nicht einmal mehr seine Arme am Körper anzulegen, so muskulös sind die - Iiiieh! Mag ich nicht. Aber dennoch, Jens ist im Nachhinein sehr nett und wahrscheinlich sieht er in den Augen meiner Freundinnen sogar echt gut aus. Ich bin ja nicht blind (übrigens auch nicht blond!). Jens verströmt Selbstvertrauen wo er nur auftaucht und dann sagt er kleine, scheinbar unendlich bedeutungslose Sätze. Sätze, die plötzlich dein Leben schöner machen, Sätze wie: „Selbst die größten Dinge fangen ganz klein an!" Auf der Party hab ich allerdings gedacht: „Ey, wie banal! Hast du nichts besseres zu bieten?" Einem der anwesenden Typen ging das wohl auch so. Bei diesem schlauen Ausspruch verzog er dermaßen das Gesicht, als hätte er erst in eine Zitrone gebissen und sich dann aus Versehen mit der Vogel-sauber-mach-Bürste die Zähne geputzt. Auf Deutsch: er hätte fast gekotzt und hat dann auch schnell einen Abgang gemacht. Jens hat das gar nicht bemerkt.

Von diesen seinen Sätzen hatte er ja noch viele mehr, die hat er freigiebig ausgeteilt, wie Konfetti zum Karneval. Und da standen wir alle im Regen seiner Weisheit und fühlten uns irgendwie gut. Aber keiner wusste warum.

Auf dem Nachhauseweg packte es mich dann richtig: „Selbst die größten Dinge fangen ganz klein an"! Was hatte er damit sagen wollen? Während auf dunkler Straße die Leuchten anderer Autos an mir vorbeiflitzten und ich mich wie unter einer Stroboskoplampe fühlte, versuchte ich mal zu verstehen, was das bedeuten könnte.

Okay, natürlich war das eine absolute Binsenweisheit, denn alles muss irgendwie und irgendwo mal klein anfangen. Aber dieser Satz fing mich dennoch ein. Ich fühlte mich leicht, leichter als sonst. „Alles muss irgendwann einmal klein anfangen". Hieß das soviel wie: „Es ist noch kein Meister vom Himmel gefallen"? Oder vielleicht auch noch; „Aller Anfang ist schwer"? Hatten all diese Sätze nicht etwas ungeheuer Tröstliches und gleichzeitig Motivierendes? Sagte da nicht jemand: „Auch du kannst es schaffen! Auch dir wird es gelingen! Auch du wirst jemand werden!"? Gleichzeitig war doch dieser Satz: „Selbst die größten Dinge fangen ganz klein an!" eine kleine Bremse: „Nicht so schnell! Mach dich erst mal schlau! Wachse! Reife! Sammele ein, was du kriegen kannst!"

Und dann gab es ja noch diesen anderen, so ungemein globalen Aspekt: Wie klein auch immer etwas sein möge, wer würde schon wissen, was für große Auswirkungen es haben könnte? Da gab es doch noch diese Schmetterlingstheorie, oder?

Warum also nicht auch ich? Einmal tief durchatmen, ja genau, das war's, dieser Satz: „Selbst die größten Dinge fangen ganz klein an!" Ich hatte ihn gehört und fühlte mich jetzt groß, na ja, zumindest größer als vorher. Wenn ich ehrlich bin, hatte ich mich vorher sogar sehr klein gefühlt und die Option auf eigenes Wachstum war in letzter Zeit für mich nicht besonders sichtbar gewesen. Und nun?

Ob ich mich nicht vielleicht doch noch mal daran machen sollte, das Bild von der Dresdner Altstadt zu malen? Ich kann nicht so besonders gut zeichnen, nur so leidlich und nach ein paar erfolglosen Versuchen hatte ich es dann aufgegeben. „Selbst die größten Dinge fangen ganz klein an!" Sollte ich es noch mal probieren? Und wie war das? Unsere Jazztanzgruppe wollte ich eigentlich aufgeben, bloß weil ich diese eine Schrittfolge einfach nicht hinkriege. Sollte ich vielleicht doch weitermachen?

„Selbst die größten Dinge fangen ganz klein an!" Vielleicht werde ich ja noch ein Star! Oder eine berühmte Malerin. Vielleicht muss ich mir nur mehr Mühe geben. Vielleicht darf ich nicht so einfach aufgeben.

Ob Picasso gleich von vornherein wusste, wo das Auge hingehört? Und hat sich Michael Schuhmacher einfach so ins Rennauto gesetzt und ist sofort Rundenrekord gefahren? Und mein Papa? War der schon immer Chef? Ja und ob Jens wusste, wie er uns Mädels glücklich gemacht hat (die Männer fallen auf so was ja nicht herein), indem er einfach nur so ein paar (wenn wir ehrlich sind) echt banale Sprüche von sich gab?

Ich denke nicht. Hätte Jens diesen Satz „Selbst die größten Dinge fangen ganz klein an!" von einem anderen Mann gehört, hätte er ihn in Grund und Boden gestampft.

Und wäre ich nicht gerade echt unzufrieden mit mir selbst, hätte ich ihn auch als Schwätzer abgekanzelt.

Aber manchmal ist eine Binsenweisheit einfach richtig. Danke Jens.

Kerstin Laveatz [12/2001]

Wo fängt es an?

Ich gehe nicht gern auf Partys. Zuviel Gelaber, zuviel Schaulaufen, zuviel Zuwenig. Am schlimmsten aber, wenn Jens aufkreuzt. Der Mann ist der personifizierte Hohlraum. Ein Hohlraum voller platter Sprüche – kein innerer Widerspruch sondern ein physikalisches Phänomen! Noch seltsamer ist, dass Jens damit dem weiblichen Partyteil ganz offensichtlich mächtig imponiert. Es kann ja wohl nicht an seinen einsfünfundneunzig, seinen stahlblauen Augen und seinem durchtrainierten Body liegen, dass sich sofort kleine Trauben figurbetont gekleideter Grazien um ihn scharen. So dumm seid ihr Frauen doch nicht? – Bitte nicht!

Jens tauchte gestern um zehn auf und ich ergriff um zehnuhracht die Flucht. Das Letzte, was ich aus seinem gesalbten Mund hörte, war die Binsenweisheit: „Selbst die größten Dinge fangen ganz klein an!". Zustimmendes Gekicher war natürlich wie immer sein Lohn; ich hätte kotzen können, wenn mich der üble Kadarka nicht schon vorher an die Schüssel geführt hätte. Wenn Jens die Krone der Schöpfung darstellt, sollten wir schon mit

Rücksicht auf die Entwicklungschancen des Universums aussterben und zwar schnell.

Die Kopfschmerzen am nächsten Morgen wären leichter zu ertragen gewesen, wenn sie sich im üblichen Alk- und Nikotinkater erschöpft hätten. Stattdessen hämmerte immer wieder ein Satz durchs angeschlagene Hirn, penetrant und erbarmungslos wie ein Britney-Spears-Chorus (wobei fairerweise jeder davon einer Erlösung gleichgekommen wäre, verglichen mit dem tatsächlichen). „Selbst die größten Dinge fangen ganz klein an!". Jens hatte einen Haufen in mein Hirn gemacht und ich fand die Spülung nicht!

Wie der Mensch nun mal gebaut ist, fing der Satz an, Kinder zu kriegen, oder besser: Er setzte sich wie feiner Nebel auf fast allen Regionen des analytischen Verstandes ab, umwaberte den rudimentären Schulwissensrest, benetzte das ‚Gelesen'-Archiv und brachte den Fragereflex zum Schaudern. Sämtliche Ressourcen meiner grauen Kopffüllung wurden rekrutiert, shanghiet und dienstverpflichtet, sich mit der Quintessenz des Jens'schen Satzes zu befassen, was unter anderem dazu führte, dass ich für den Espresso fast eine halbe Stunde brauchte, davon die ersten fünfundzwanzig Minuten, um festzustellen, dass ich die Herdplatte nicht angestellt hatte. Fast in

Trance absolvierte ich mein Frühstück, während die Denkfabrik hinter meiner Stirn bereits fleißig am Zerlegen, Sortieren und Durchdringen war. Gut so, denn die beste Methode, den Feind endgültig zu besiegen, ist, ihn zu assimilieren.

Okay, „Selbst die größten Dinge fangen ganz klein an!", ist tatsächlich eine Binsenweisheit, die kaum platter daherkommen könnte. Weil ja schließlich alles überhaupt irgendwie anfangen muss und deswegen auch zu dem Zeitpunkt noch nicht fertig ist (wozu sonst der Begriff ‚anfangen'?), kann es unmöglich größer (im Sinne von vollkommen) sein als am Ende. Das ist nun mal das Grundprinzip der Natur, und, soweit man den Astrophysikern glauben kann, auch gleichzeitig das Grundprinzip des Kosmos. Jeder Redwoodtree hat mal als Samenkorn angefangen, Mickey Mouse mit ein paar hingeworfenen Strichen und Alexander der Große als ‚Quark in der Auslage', wie meine Oma zu sagen pflegte. Das alles ist bekannt, logisch, absolut klar. Tatsächlich?

Mein Hirn begann jedenfalls, den Faden langsam abzuwickeln und mir kamen zunehmend Zweifel, ob der tatsächlich eine so überschaubare Länge hätte, wie es zu Beginn schien. Die eigentliche Frage hieß nämlich nun: „Wo fängt es an?", mit Betonung auf dem Wo. Anders gesagt, gibt es überhaupt einen Anfang, von dem man (sogar Jens) mit voller Überzeugung sagen könnte, das es einer ist?

Bleiben wir mal bei Mickey Mouse. Wie man unlängst aufgrund des 100. Geburtstag von Disney lesen konnte, war die Figur erst keine Maus, sondern ein Kaninchen, welches der junge Walt aber partout nicht verkaufen konnte; womit er das Schicksal von Millionen zeichnerisch begabter Schüler und deren mehr oder weniger gelungenen Toons zu teilen drohte. Er veränderte also das Kaninchen, bis es schließlich zu einer Maus mutierte - Mickeys große Ohren verraten immer noch seine Herkunft. Der Rest ist Geschichte.

Wo ist hier der Anfang? Bei der Umgestaltung zur Maus? Moment mal, ohne die Vorarbeit mit dem Karnickel hätte die sicher nie das Licht der Welt erblickt und die Disneyworlds wären immer noch fruchtbares Ackerland. Gut, das Kaninchen also!?

Nein, denn, wie man ebenfalls nachlesen kann, der kleine Walt hatte sich durchaus einer alten Tradition folgend an verschiedenen Vorbildern aus den Zeitschriften seiner Zeit bedient, also halb geklaut und halb erfunden. Eine Mixtur, die möglicherweise auf fast alle Ideen der Menschheitsgeschichte zutrifft.

Also suchen wir hier vergeblich nach einem Anfang, denn der muss ja bereits bei Disneys Vorbildern stattgefunden haben. Nun liegt aber der Verdacht nahe, dass diese sich auch ihre Inspiration aus dem großen brodelnden Topf der Weltkultur geholt haben. Schon entsteht eine Kette von Kunst-Köchen, von denen jeder noch eine Zutat in den Topf wirft, aber das eigentliche Gericht nicht erfunden hat.

Wo fängt diese Kette an?

Im Mittelalter, bei den Griechen, den Ägyptern, den Mesopotamiern, den Chinesen, den Inkas und Azteken? Oder vielleicht bei den Aborigines oder Buschmännern der Kalahari? Aber können wir dort denn überhaupt aufhören? Woher hat denn der allererste Neandertaler seine Idee genommen, ein paar Jagdszenen an der Höhlenwand zu verewigen? Aus einer plötzlichen Eingebung oder weil er vielleicht in einem Steinmuster bereits ein Mammut erkannte und das nur mit ein paar Strichen herausarbeitete? Und selbst wenn er (oder sie) tatsächlich eine Eingebung hatte, so ist doch diese Eingebung wieder nur in Kombination mit dem Neandertaler existent. Also ist der Neandertaler der Anfang, nicht die Eingebung, oder?

Aber der Neandertaler ist wiederum auch bloß das

Ergebnis einer Kette von Eingebungen, oder besser: Modifikationen, die die Natur am Biomaterial vorgenommen, oder eher: zugelassen hat. Den Anspruch auf Quelleigenschaften kann er jedenfalls nicht in Anspruch nehmen, da muss er sich schon bei seinen Vorgängern bedanken und die sich bei ihren, und so fort. Also, nochmals: „Wo fängt es an?".

Mit nur wenig Gehirnakrobatik folgt man dieser Frage über die Menschheits-, Dinosaurier-, Amöben- und Aminosäuren-Geschichte, weiter zur Erdentstehung, dem Werden des Sonnensystems, der Galaxien, der Materie bis zum (noch unbewiesenen) Urknall. Endlich der Anfang? Nö, wie z.B. Stephen Hawking postuliert. Demnach folgt jedem Urknall und dem Ausdehnen des Kosmos das Zusammenziehen und der nächste Knall. Praktisch immer wieder eine neue Sylvesterfete im Abstand von vier bis fünf Billionen Jahren. In dem Fall ist der Urknall auch bloß ein Zwischenknall und wir suchen wieder mal nach dem Beginn des Fadens ...

An diesem Gedankenpunkt angelangt, hatte ich den zweiten Espresso inklusive zweier Aspirin in der Blutbahn und wollte mich nun bereits einer theologischen Antwort nähern (die ja in solch ausweglosen Fällen immer wieder gern nach vorne drängt). Gottseidank (!) klingelte aber nun das Telefon: mein Kumpel Max! Erstens forderte er mich zu einer kleinen Badminton-Runde mit abschließendem Saunagang heraus, was mir durchaus in den Kram passte, und zweitens berichtete er mir von dem weiteren Verlauf der Party, die ich gestern so fluchtartig verlassen hatte. Eigentlich wollte ich ja gar nichts davon hören, aber die Information, dass der tolle Jens am Ende tatsächlich mit Manuela abgezogen war, gefiel mir dann doch. Schließlich wissen wirklich alle, dass der Umgang mit Manuela der Penicillin-Branche regelmäßige Umsätze garantiert. Zumindest weiß ich das und Max und Henry ... aber Jens scheinbar nicht! Was zur Frage führt: „Wo hört es eigentlich auf?"

PW Fischer [12/2001]

Die dicksten Kartoffeln

Ich liebe Partys! Gekühlte Getränke in angenehmer Atmosphäre, köstlich angerichtete Buffets ("Das Auge isst mit!"), absolut überflüssige Unterhaltungen, aber vor allem: Schöne Frauen!
Früher war ich einer von diesen Partygästen, die still in der Ecke standen und an ihrem Glas Prosecco nippten, weil sie niemanden kannten und mit niemandem ins Gespräch kamen. Ich dachte, ich hätte nichts Wichtiges zu sagen und Smalltalk war nicht so mein Ding. "Aus Kindern werden Leute!" und heute weiß ich: Die anderen haben auch nicht gerade Weltbewegendes zu berichten, reden aber trotzdem ununterbrochen und überwiegend inhaltslos. Eine Erkenntnis, die mich ungemein weitergebracht und mir zur Entwicklung einer grandiosen Strategie verholfen hat. Funktioniert einwandfrei und garantiert! "Dafür lege ich meine Hand ins Feuer!" Aus "Büchern" wie "Die 100 wichtigsten Zitate" oder "Die besten Klosprüche" habe ich mir ein Repertoire an eher belanglosen, teilweise aber auch tiefgründigen Weisheiten zugelegt. "Man soll es nicht für möglich halten!", was für einen Eindruck man mit Geschwätz wie "Selbst die größten Dinge fangen ganz klein an!"

schinden kann. Gerade neulich hat mir dieser Spruch zu einer feurigen Liebesnacht mit einer langbeinigen Blondine verholfen. Ich habe den Kontakt zu ihr sehr schnell wieder abgebrochen aus Gründen, die ich hier nicht näher erläutern möchte. („Lieber ein Ende mit Schrecken als ein Schrecken ohne Ende!") Aber manchmal hat man eben doch „Lieber den Spatz in der Hand als die Taube auf dem Dach!" „Schwamm drüber!"

Jedenfalls kam ich circa um zehn direkt nach meinem Programm im Fitnessstudio („Wer rastet der rostet!") zu dieser Party. Kaum, dass ich dort war, hatten sich auch schon vier oder fünf der hübschesten Frauen des Abends um mich herum geschart. Selbstverständlich habe ich keine von ihnen jemals vorher gesehen. Das wäre ja als würde ich „Eulen nach Athen tragen!" Nun gut, „Man will ja nicht prahlen!", aber ich seh' schon recht gut aus. Zwar bin ich mit meinen einsfünfundneunzig nicht gerade klein, aber ich stehe meistens etwas krumm, was keinesfalls bescheuert sondern tatsächlich eher - ich möchte fast sagen: verwegen - aussieht. Meine stahlblauen Augen leisten auch ihren Beitrag und meinem neuen Friseur ist es gelungen, meine Haare äußerst vorteilhaft zu arrangieren. Aber „Ich schwöre!", das hat nichts mit meinem Erfolg zu tun. „Angriff ist die beste Verteidigung!" und so gebe ich hier und da eine meiner Weisheiten zum Besten und habe damit großen Erfolg. An geeigneter Stelle lasse ich dann ein „Man steckt nicht drin!" oder „Davon geht die Welt nicht unter!" einfließen und gewinne Herzen. Besonders wichtig ist es auch, zu übertreiben, denn „Übertreiben macht anschaulich!". Nichts ist langweiliger als Durchschnitt. Also ist jeder Furz ein weltbewegendes Ereignis, phänomenale Normalitäten sind super geil und tierisch anstrengend. „Mein lieber Herr Gesangsverein!" „Das kannst du dir nicht vorstellen!" Schnell hat man „Aus einer Mücke einen Elefanten gemacht!" und gewöhnliches „Hast Du noch nicht gesehen!" „Meine Herren!" Bestialisch! Eine Spur zu heftig!

Ich erzähle immer noch nicht besonders viel, aber wenn, „Dann mach' ich ein riesen Fass auf!" Manchmal stockt es ein bisschen und ich schramme haarscharf daran vorbei, meine Glaubwürdigkeit zu verlieren, aber „Rom wurde ja auch nicht an einem Tag erbaut!" und „Es ist noch kein Meister vom Himmel gefallen!" „Gut Ding braucht Weil!" Vor allem in Situationen, in denen mir mein eigenes lächerliches, primitives, aber äußerst erfolgreiches

Vorgehen schlagartig bewusst wird und ich beinahe beginne, über mich selbst zu lachen, was sehr schnell in ein bitterliches Weinen übergehen würde, droht meine Tarnung aufzufliegen und meine Strategie jämmerlich zu versagen. Für diese Momente habe ich einige Witze einstudiert („Spaß muss sein!"), deren Pointen einen Lacher garantieren, und von denen ich ein zur Situation passendes Späßchen lauthals aufführe, so dass auch die umliegenden Gesprächsgruppen genötigt werden, meinen Ausführungen zu folgen. Auf diese Weise erreicht man nicht nur eine größere Zielgruppe sondern provoziert auch ein übergreifendes Gelächter, das im Optimalfall alle Partygäste zu Gehör bekommen. „Da bleibt kein Auge trocken!" Was mir am besten gefällt, ist, dass die Grüppchen, die den Witz nicht mitbekommen, wohl aber das Gelächter gehört haben, schlagartig ruhig werden, schnell noch versuchen, den ein oder anderen Gesprächsfetzen aufzuschnappen, den Gag nicht zusammengereimt bekommen, das quälende Gefühl nicht loswerden, etwas verpasst zu haben und sich ärgern, bei den Langweilern herumgestanden zu haben, während da drüben die „richtige" Party abgeht. Selbstverständlich wird das niemals zugegeben, sondern das laute Grüppchen wird schnell als albern, angetrunken und aufdringlich kritisiert, und man redet sich ein, froh zu sein, zu ernsteren, wirklich wichtigen Themen zurückkehren zu können und lügt sich damit selbst was in die eigene Tasche. Denn, mal ehrlich, wer geht schon auf `ne Party, um vom Hodenkrebs des Vaters zu berichten, um seine letzte Darmspiegelung auszuführen, um die Hungersnot in Afrika zu lösen oder um Spenden für die Drogentoten am Hauptbahnhof einzunehmen? Und wer geht auf `ne Party, um sich einen reinzuschrauben, belanglosen Unfug zu reden und möglichst einer Person vom anderen Geschlecht beizukommen? Obwohl ich bei letzterem Punkt auch schon von anderen Präferenzen gehört habe ...

Selbstverständlich stoße ich mit meinem Verhalten nicht nur auf begeisterte Mitspielerinnen. Aber die lasse ich links liegen. Wesentlich interessanter sind die Reaktionen der Männer: Einige, ja sogar die meisten, hassen mich. Sie sehen in mir eine unüberwindbar große Konkurrenz. Ich merke, wie einige von ihnen hinter mir herumwuseln, nervös werden und nach kurzer Zeit anfangen, Grimassen zu schneiden und sich den Finger in den Hals zu stecken, um anzudeuten, dass sie mein Auftreten zum Kotzen finden. Sie glauben, ich sähe sie nicht. In Wirklichkeit ignoriere ich sie. Meistens schnappen sich diese Typen nach knappen fünf Minuten ihre Jacke und verlassen die Party demonstrativ und ohne sich zu verabschieden. Aber „Da kräht kein Hahn nach!" Wenn sie Glück haben, folgt ihnen nach weitern fünf Minuten ihre Freundin. Wenn sie keine haben sind sie mit dem Knallen der Tür augenblicklich vergessen. Sehr unsportlich! Dadurch berauben sie sich der eigenen Chance, als glänzender Zweiter abzuschneiden. Stattdessen enden sie als Tabellenletzter zu Hause oder in der Eckkneipe nebenan, suchen nach Argumenten, die gegen mich sprechen und merken gar nicht, dass sie noch immer an mich denken, um zu dem Ergebnis zu kommen: „Die dümmsten Bauern ernten immer die dicksten Kartoffeln!" „Eine echte Witzfigur!" „Da lachen ja die Hühner!" „Was glaubt der, wer er ist?" „Da kann ja jeder kommen!" Der Typ hat doch „mehr Glück als Verstand!" Wie kann ein so banaler Kerl nur so gut ankommen? „Das schlägt dem Fass doch den Boden aus!" So dumm können die Frauen doch nicht sein! Oder? „Schluss mit lustig!" Das nächste mal box' ich ihn um! „Auge um Auge, Zahn um Zahn!" „Frag nicht nach Sonnenschein!" Den mach' ich fertig! „Rache ist Blutwurst!"

Beim nächsten Aufeinandertreffen sind all diese Vorsätze vollends vergessen und spätestens bei der nächsten Party sind diese Leute kackenfreundlich, um auf meiner Welle mit zu schwimmen, wenn sie nicht doch wieder das Weite suchen.

Was einen auf Partys oder anderen öffentlichen Veranstaltungen weiterhin ungemein nach vorne bringt, ist ein ausgefallenes Hobby, über das man ausführlich referieren kann. Das darf natürlich nicht so etwas Belangloses wie Skilaufen oder Volleyball sein. Man sollte auch hierbei niemals vergessen, zu übertreiben. Wenn schon in die Berge, dann aber zum Heli-Skiing. Und auch in fortgeschrittenem Alter geht man heutzutage ja eher Snowboarden als Skilaufen. Das ist wesentlich „cooler" und strahlt jugendliche Dynamik aus. Und wenn schon Volleyball, dann aber wenigstens Beach. Dieser kleine Zusatz macht 'ne Menge wett. So assoziiert man mit Beach-Volleyball doch Sonne, Strand und braungebrannte, athletische Körper, während man bei einfachem Volleyball eher an den Unterricht im Neonlicht der Schulsporthalle denkt. In gewissen Kreisen kann man auch gern mal vom letzten Polo-Spiel auf dem zugefrorenen See in St. Moritz oder - in besonderen Fällen - sogar von der letzten Golfpartie berichten. Seien Sie ruhig großkotzig. „Wenn schon Titanic, dann wenigstens erster Klasse!" Man kann ruhig mal einen dicken Strahl pissen. Man wird Ihnen dafür Beachtung schenken. Mehr, als Sie erwarten. In anderen Kreisen sollte man lieber von der Surftour nach Hawaii erzählen. Nicht aber von banalen Dingen wie Wellenreiten oder Windsurfen. Kitesurfing ist angesagt! Sollten Sie nicht so sportlich sein und in dieser Hinsicht nichts zu berichten haben, analysieren Sie einfach Ihre immensen Spekulationsgewinne an der Börse vor aller Leute Augen beziehungsweise Ohren. Die andere Typen werden Sie beneiden und die Frauen werden einen Mann sehen, der Geld hat und damit umgehen kann. Oder erzählen Sie einfach von Sylvester in New York, von der Prêt à Porter in Paris oder vom Chill-out in Madras. Respekt! „Nicht schlecht, Herr Specht!" Im Endeffekt bedarf es nur irgendeiner Art von Fahne, die Sie vor sich hertragen können. Wenn gar nichts mehr geht, prahlen Sie einfach mit ihrer Potenz.

Jeder kann ein Superstar sein. „Wo ein Wille ist, ist auch ein Weg!" „Lügen haben kurze Beine!", aber „Wir werden das Kind schon schaukeln!" Wenn Sie sich geschickt anstellen, wird niemals jemand die Wahrheit erfahren. „Was ich nicht weiß, macht mich

nicht heiß!", oder?! „TSJAKKAA! - Du schaffst es!"
Manch einer mag denken, diese Ratschläge seien doch
„Wasser auf die Mühlen" meiner Mitbewerber,
allerdings bin ich mir sicher, dass es kaum jemand
wagen wird, diesen Anweisungen zu folgen. „Wer
nicht will, der hat schon!" Und ansonsten gilt:
„Konkurrenz belebt das Geschäft!" Manch anderer
mag denken, ich sei ein kleines, armes Würmchen ...

Bei mir selbst ist die Tarnung neulich durch ein
blödes Missgeschick aufgeflogen: Ich habe ein
bisschen den Macho raushängen lassen (was
normalerweise extrem gut ankommt) und einen
haarsträubenden Vortrag über die Bedeutung von
Männern in Führungspositionen gehalten, bis mir
gesteckt wurde, dass ich es mit der
Frauenbeauftragten vom NDR zu tun hatte ... „Glück
und Glas - wie leicht bricht das!" Aber „Das kann
schon mal vorkommen!" „Unverhofft kommt oft!"
„Wie dem auch sei!", Ihnen wünsche ich jedenfalls
viel Erfolg!

„Aus die Maus!" „Firma Dankt!"

Andreas Erbut [01/2002]

Editorial 26.08. 2002

Demenz?!

Man wird wunderlich mit dem Alter. Das ist nicht unbedingt nur negativ gemeint, obwohl manche Dinge schon eigenartig sind, zugegeben. Zum Beispiel Stromleitungen zu reparieren, ohne die Sicherung heraus zu nehmen, Spiritus ins brennende Feuer zu gießen oder eine waghalsige Leiter aus Autoreifen und Kartons zu basteln. Die Strafe folgt in jedem Fall auf dem Fuße, denn wenn man als Kind noch einen stets aktiven Schutzengel hat, ist dieser im fortgeschrittenen Alter längst bei jemandem jüngeren tätig.

Das Altern hat aber auch durchaus positive Eigenschaften. Prioritäten ändern sich, die Definitionen von Genuss und genießen erhalten einen anderen Inhalt. Es werden Dinge als schön empfunden, die einfach sind. Man kommt der Kindheit wieder ein Stückchen näher, wenn man sich stundenlang an der Beobachtung eines Maulwurfes bei der Arbeit erfreut, sich mit Freunden trifft und eine Unterhaltung führt. Man hat Spaß an Dingen, die man nicht kaufen kann.

Nächste Woche wird Geburtstag gefeiert, freut Euch schon mal darauf und überlegt Euch Geschenke. Alles, was ein Autoren-Portal so braucht, ist willkommen.

Eine tolle Woche wünscht

Tim Isert

Reife

Es ist ein Wort, welches ich bis vor kurzer Zeit nicht ausstehen konnte. Reife. Reife bedeutete während meiner Erziehung immer, dass ich etwas nicht werde tun dürfen oder nicht werde haben dürfen, denn für dieses „Etwas", sei ich noch nicht „reif".

Das Wort implizierte lange Zeit Verzicht; Verzicht auf Dinge, die mir aber gerade in diesem Moment wahnsinnig wichtig erschienen, unverzichtbar, unwiederbringlich.

Jedoch, ich irrte. Ich muss es heute eingestehen, ich bin über jeden dieser Verzichte oder auch Verluste hinweggekommen, ohne wirklichen seelischen Schaden genommen zu haben. Viel mehr glaube ich inzwischen, dass es nicht allzu schlecht war, auf einige dieser begehrten Dinge oder Taten verzichtet zu haben, denn im Nachhinein hat sich davon nichts als wirklich wichtig entpuppt. Sei es nun eine elektrische Eisenbahn oder ein Motorradführerschein, ich vermisse diese Dinge heute nicht.

Und noch dazu wird man ja wirklich reifer. Mit der Zeit entdeckt man, dass es gerade die Dinge im Leben sind, die man will, die man eben nicht hat oder haben kann. Und wenn man dieses Prinzip erst einmal durchschaut hat, also dahingehend gereift ist, fällt einem Verzicht auch weniger schwer.

Eine Einschränkung muss ich dennoch machen, und zwar bezieht sich diese Reife in erster Linie auf materielle Dinge. Angelegenheiten, die das Herz betreffen, können kaum von dieser gereiften Logik erfasst werden, obschon auch hier Verzicht und Verlust nicht leichter, aber dennoch sachlicher verarbeitet werden können. So weiß ich zum Beispiel, dass meine verflossene Lebensabschnittsgefährtin für eine Beziehung mit mir noch nicht reif war. Praktisch, oder?

So beginne ich auf einmal dieses Wort zu mögen, denn ich finde mich in einer neuen Situation der Reife. Ich stelle immer öfter fest, dass man zu unterschiedlichen Zeitpunkten für die unterschiedlichsten Dinge reif ist. Ein Beispiel: Eine vor einem Jahr gekaufte CD ist fast ungehört im Regal verschwunden, gefiel mir nicht. Plötzlich ist sie meine Lieblings-Platte und verlässt fast nicht mehr den Player. Das zeigt, ich bin reif für diese CD.

Ein anderes Beispiel: Ein Freund empfiehlt mir ein Buch. 265 Seiten dick und nicht gerade ein leicht zu verdauender Stoff. Das Buch wandert nach Lektüre der ersten 20 Seiten ins Regal und wird vergessen.

Nach einiger Zeit benötigte ich lediglich zweieinhalb Tage, um bis zur letzten Seite vorzudringen. Ich habe es verschlungen. Ich hatte die entsprechende Reife für dieses Werk erreicht.

Allein durch den Wert von Rotwein, der durch Reife steigt, lässt sich ein positiver Blick auf dieses Wort finden und auch bei uns männlichen Wesen soll ja Reife die Attraktivität steigern. Bleibt hier nur die Frage der Definition von Reife in diesem Bereich. Und auch das Altern lässt sich ja dann wohl leichter ertragen, wenn man „altern" durch „reifen" ersetzt.

Ich wünsche mir nur, dass ich diese Einstellung zur Reife noch vertiefen kann und entdecken werde, dass alles, was mit Reifen zu tun hat, positiv ist. Denn sollte sich herausstellen, dass Senilität Reife ersetzt, ergibt sich die Frage, ob es für Reife ein Verfalldatum gibt? Ein „best before" - Zeitzeichen. So wie bei Obst, das auch nur eine gewisse Zeit reif ist und dann verdorben. Was wäre, wenn man plötzlich nicht mehr reif ist, sondern verdorben?

Tim Isert [12/2001]

Die Wahrheit

Man sollte mehr U-Bahn fahren. Statt sich im goldenen Einzelfahrerkäfig des eigenen Autos einzusperren, wo der einzige Zuspruch vom entsetzlich fröhlichen Morgenmoderator kommt, sollte man sich ein Ticket kaufen und sich eine halbe Stunde Leben pur gönnen (ist ja auch viel ökologischer!).

In der U-Bahn passiert praktisch alles, was der menschliche (Er-)Lebenskreis zu bieten hat. Hier wird gelacht, gespielt, gelernt, geprügelt, gezeugt, gekotzt, gegessen, geschlafen und gestorben – und wenn einem noch mehr ,ge'-Wörter einfallen, kann man sie bedenkenlos hier anhängen. Vor allem aber wird viel gesprochen, in allen Sprachen, über alle Themen auf jedem Niveau. Unvergesslich bleibt mir der halbstündige Vortrag eines Kamelhaarmantel-Trägers mit süßlich–schwerer Bierfahne über Nietzsches Monadenlehre an einem grauen Novembervormittag zwischen Hasselbrook und Hauptbahnhof. Deklamiert mit der Geläufigkeit des routinierten Redners, sonor und in feinstem Hochdeutsch, nur unterbrochen von der Begrüßung neu hinzugekommener Fahrgäste oder

der Verabschiedung Aussteigender: „Geh mit Gott, aber schau auf die Straße!".

Solche Events bilden natürlich die Ausnahme, meistens geht es eher bodenständig zu, aber durchaus nicht weniger spannend. In den ganz glücklichen Fällen mischt sich aber Alltag mit brillanter Philosophie, wie es eben nur die Hanseaten zustande bringen. Vorgestern war mal wieder so ein Highlight.

Der Waggon war mäßig besetzt, ich hatte meinen Lieblingsplatz, ganz hinten an der Rückseite am Fenster in Fahrtrichtung. Zwei Sitze vor mir ein junges Pärchen, schätzungsweise um die 18 Jahre. Wirkten ein bisschen übrig geblieben aus Zeiten des ‚Rote Flora'-Kampfes. Er in schwarz-speckigem Denim, mit Igelkopf, sie im dreilagigen Hose-, Rock-, Jacke-Outfit und grün-roten Strähnen im Blondhaar. Ein Hund war auch dabei, mager aber wach. Sie saßen mit dem Rücken zu mir, nebeneinander. Zwei Stationen schauten beide schweigend aus dem Fenster oder starrten vor sich auf den U-Bahn-Boden bis sie sich plötzlich heftig zu ihm umdrehte und zischte: „Sag wenigstens einmal die Wahrheit!".

Er rührte sich nicht und schaute weiter unbeteiligt aus dem Fenster. Sie legte nach: „Du feige Sau!"

Womit bei mir und anderen Passagieren die Vorfreude auf einen deftigen Schlagabtausch um etliche Grade stieg. Natürlich zeigte keiner von uns auch nur eine Unze mehr Interesse als vorher. Solche Aufführungen funktionieren nur, wenn sich das Publikum strikt an die Drei-Affen-Regel hält, zumindest rein äußerlich. Ob die Sau oder der Feigheitsvorwurf, jedenfalls drehte sich der Gescholtene fast gelangweilt zu der Rotgrün-Blonden: „Das ist die Wahrheit!", und starrte wieder aus dem Fenster.

Wir waren nun alle verdammt neugierig. Schließlich sucht ja jeder Mensch nach der Wahrheit und hier deutete sich eine Offenbarung an.

„Phhhh!", stieß sie heftig Luft aus. Giftig: „Wenn das die Wahrheit ist, bin ich Verona Feldbusch!"

Ein schlagendes Argument, schließlich hatte sie bisher noch keinen Dativfehler gemacht, also musste etwas faul an seiner Aussage sein. Er verzog trotz des gelungenen Bildes keine Miene und holte zum Vernichtungsschlag aus. „Du? Du kannst die Wahrheit doch gar nicht ab!"

Das Bild von Jack Nicholson in weißer Army-Uniform erschien unvermittelt vor meinem inneren Auge, wie er entweder Tom Cruise oder Hanks (einem der Toms auf jeden Fall) unterstellt, ‚er könne die Wahrheit ja gar nicht ertragen'! Meinem Nachbarn auf der anderen Fensterseite schien es ähnlich zu gehen, denn er flüsterte diesen Filmdialog offensichtlich leise nickend vor sich hin.

Jetzt sie: „Scheiß drauf! Deine Wahrheit ist so verlogen, ich krieg' Pickel!" was wiederum eindeutig eine Lüge war, denn jeder konnte sehen, dass die Drei-Lagen-Blondine eine geradezu unirdisch makellose Haut hatte. Aber trotzdem hatte dieser Satz mehr Klasse als die mir entfallene Antwort des Toms in besagtem Film – wäre sie mir sonst entfallen?

„Warum gibst du es denn nicht zu, du Arsch!?", sie riss ihn wild am Jackenärmel. Der drehte sich nun auch heftig zu ihr und brüllte los, so dass wir alle ein bisschen zusammenzuckten: „Bist du taub oder was?". Dann, jedes Wort betonend: „Das – IST – die – WAHRHEIT!".

So sollte der konzentrierte Dialog geführt werden und nicht anders! Hätte ich bloß eine Videokamera dabei gehabt, solche Szenen sind Gold wert in jedem Rhetorikkurs. Irgendetwas an dem Gesagten musste bei ihr einen Schalter umgelegt haben, denn plötzlich war ihre Stimme sanft wie ein Puderkissen:

„Und wofür hast du dann das Scheiß-Gummi in der Jacke?" Oh-oh! Eine konkrete Frage in diesem Ton, da drohte jetzt tatsächlich Unheil. „Das hab' ich da schon immer drin! Schnallst du das endlich?!". Er verschränkte nun die Arme und schob das Kinn vor. Damit war ja wohl alles erledigt! „Ach ja?", gefährlich-spöttisch, „und wofür?"

Noch so ein U-Boot! Wenn das erwähnte Gummi das war, was ich und wohl auch die anderen Zuhörer glaubten, dann war jetzt eine Antwort schwer zu finden. Er tat mir als designierter Verlierer schon ein bisschen leid – völlig zu Unrecht, denn:

„Seit wann filzt du eigentlich meine Klamotten?" Wow! Die hohe Kunst der Ablenkung! Fast hätte ich Beifall geklatscht! Pariert und sofort attackiert und natürlich auch belohnt: „Spinnst du? Deine Klamotten gehen mir so was von am Arsch vorbei!", sie versucht nun, ihn nieder zu funkeln. Doch er spürt Oberwasser: „Wen willst du verarschen?", messerscharf, „das Gummi hast du bloß so entdeckt, ja?" Ein Rückschlag! Die Erwähnung des Gummis war natürlich strategisch falsch, jetzt konnte sie wieder einhaken, und tat es selbstverständlich auch: „Ganz genau!" Kurze Pause. Wir alle warteten auf eine nähere Begründung, auch ihr Gummiträger. Aber es kam nichts mehr. Und nur noch eine knappe Minute bis zur Sternschanze, wo die beiden uns sicherlich verlassen würden!

„Ganz genau, was?", Gottseidank, er hakt nach!

„Gib's doch zu, du Fotze! Du hast in meinen Sachen geschnüffelt!" Wieder in der richtigen Spur!

Sie steht auf und nimmt den Hund an der Kordel, die als Halsband dient. „Fick dich doch! Das ist mir echt zu blöde jetzt!" Schon mehr als ein Hauch von Defensive wehte durch diese Replik – mein Fensternachbar sah das genauso, denn er nickte beinahe schon ein wenig resigniert. Sie ging zur Tür. Er keift: „Ey, du haust jetzt nicht ab, verdammte Scheiße! Sag mir die Wahrheit! Sofort!"

Heureka! Ein geschlossener Kreis! Die Wahrheit kommt erneut ins Spiel, dramaturgisch genial kurz vorm letzten Vorhang - vertauschte Rollen! „Soll ich dir die Wahrheit sagen? Soll ich?" Ein geradezu fühlbares Ja der Mitfahrenden lag im Raum, alle starrten gebannt auf ihn, den Entscheider in Schwarz. „Vergiss es!", verächtlich schnaubend streckt er die Beine aus und starrt wieder aus dem Fenster. Wir fahren in den Bahnhof. Ich bin frustriert. Ein coitus interruptus! Wie kann man nur so grausam sein?

„Leck mich!", sagt sie und die Tür öffnet sich zischend. Sie zerrt den Hund heraus, der offenbar lieber im Waggon oder vielleicht auch bei ihm geblieben wäre. Leute kommen herein. Mir wird klar, dass wir die Wahrheit nie mehr erfahren werden, mal wieder! Doch dann, ein kleines Wunder. Sie streckt noch einmal den Kopf hinein und blitzt ihn voller Verachtung an.

„Weil ich die Scheiß-Kutte waschen wollte, du Wichser!". Und weg ist sie.

Und hinterlässt einen ganzen Wagen voller befriedigter Hör-Voyeure und eine ziemlich verblüffte Schwarzjacke, die aufspringt und ihr hinterher will, doch die Türen sind schneller und die Wahrheit auch!

PW Fischer [12/2001]

Was braucht der Mensch zum Leben?

In einer Zeit, in der sich Yuppie (Young Urban Professional/Double Income No Kids - geheiratet wegen der gemeinsamen steuerlichen Veranlagung) jeden materiellen Wunsch, blitzt er in den Synapsen auf, sofort erfüllen kann, kommt es bei begrenztem Wohnraum nur darauf an, nicht zuviel anzuschaffen. Atmen sollte in den eigenen vier Wänden noch möglich sein. So beschränkt sich die immer wiederkehrende Handlung darauf, veraltete Gegenstände gegen neuere auszutauschen. Die alte Couch gegen den Designer-Sessel oder den Fernseher gegen den Plasma-Flat-Screen. Der Hintern bekommt im neuen Sessel zwar auch keine Schwielen, aber er bettet sich doch spürbar geschmackvoller. Auch wenn *der* Geschmack nicht eigener Bildung entsprungen ist, sondern Innenarchitektsgehirnen oder den unzähligen Living-Magazinen, die dezent als Blickfang verteilt sind - Ein aufgeschlagenes FORM- oder DESIGN-Magazin zeugt jedenfalls von bestem Geschmack.

Der Flatscreen, auf Augenhöhe an die Wand gedübelt, eingerahmt wie ein Ölgemälde. Warum nicht ein antik vergoldeter Rahmen darum? Nur der Sendeinhalt lässt noch zu wünschen übrig. Vierundzwanzig Stunden ARTE und 3Sat verträgt das Auge nicht. Mittags, kurz von der interaktiven Home-Workstation aufgeschreckt, flimmern Talk- und Richtershows über die Kanäle. Kann da noch einer lachen, der da sitzt, sein Mittags-Schnell-Sushi verzehrt? Der Schmutz kommt in gewaltigen Mengen plasmagesendet ins Auge. Und auch ins Ohr tröpfelt es wie Brackwasser. Der goldene Rahmen ist noch golden und auch das Geld für weitere Anschaffungen vorhanden – nur kann der Sendeinhalt nicht hochwertiger eingekauft werden.

So steigen Jogginganzugträger mit fettigen Haaren, aufgedunsene Frauen und ungewollt schwangere Kinder mitten von der Wand in die schicke Wohnung. Yuppie merkt nicht, dass sie ihren Dreck hinterlassen, und er lacht inzwischen dumm und ausgehöhlt darüber. Schallend hallt es wider - von den so verstuckten und geschmackvollen Wänden.

Unten glänzt Parkett und zeugt von der gewissenhaften polnischen Putzfrau, die hier nicht viel zu tun hat. Sie staubt jedenfalls den Rahmen des Plasmascreens ab.

„Fassen Sie nichts an", hat man ihr zu Anfang gesagt. „Schalten sie bitte den Fernseher nicht ein! Nur putzen! Bitte nur einfach putzen! Verstehen?"

Manchmal, wenn sie sich sicher vermutet und Yuppie auf Termin ist, schaltet sie ihn doch ein. Sie setzt sich in Mies-van-der-Rohe-Leder, in verchromtem Stahl. Sie umfasst die Fernbedienung so vorsichtig wie einen verletzten Vogel. Hier und jetzt: Vera am Mittag, Arabella oder ... das ist das Glück! - Dann schaltet sie wieder aus und wischt noch einmal über die Fernbedienung, bevor sie sie vorsichtig auf den spiegelnden Glastisch zurücklegt. Sie wünscht sich auch eine Putzfrau und ein wenig Dreck aus dem Plasmascreen, das ihr hier und jetzt vorkommt wie flüssiges Gold.

Denn was braucht der Mensch zum Leben?

Vasco Kintzel [02/2002]

Traummann

Gibt es den? Naja, wahrscheinlich schon, leider ist er bereits besetzt. (Man denke da an die alte Weisheit: „Männer sind wie Toiletten, entweder besetzt oder beschissen.") Von den glücklich (zumindest aus der Perspektive eines unfreiwilligen Singles) vergebenen Freundinnen und Bekannten muss man sich ja bei jeder unpassenden Gelegenheit anhören, dass man einfach nur zu hohe Ansprüche habe (wobei sich hier die Frage aufdrängt, wie niedrig ihre denn wohl sind ...), so schwer sei es doch gar nicht, einen passenden Partner zu finden.

Aha! Ansprüche. Sicher, sind zweifelsohne vorhanden. Aber zu hoch? Die geneigte Leserschaft möge sich über meine exemplarisch im Folgenden angeführten „Mindestanforderungen" selbst eine Meinung bilden: Intelligent sollte er sein, zumindest geistig auf meinem Niveau, gern auch darüber (ja, das Klischee des kleinen Frauchens das bewundernd zu Ihrem „Helden" aufschaut). Die äußere Erscheinung muss mich ansprechen (wohl nicht zu viel verlangt, zum Glück gibt es hier ja auch unterschiedliche Auffassungen) und eine Mindestgröße von 170 cm sollte vorhanden sein (sonst wird das mit dem aufschauen so schwer ...). Der Humor ist natürlich sehr wichtig, vor allem sollte viel von der schwarzen Sorte vorhanden sein, sonst hält er es mit mir ja nicht aus. Tierliebe ist natürlich zwingend, zwar schon wieder ein Klischee, aber ein Fünkchen Wahrheit ist ja immer drin. Altersmäßig wäre so von 2-3 Jahre jünger bis hin zu 5-6 Jahre älter ideal. Und dann noch so unverzichtbare Sachen wie eine heterosexuelle Ausrichtung, die Tatsache, dass ich auf der Suche nach einem eindeutig männlichen Exemplar bin (vielleicht liegt hier der Hase ...? Nein!), das bitteschön Single ist.

Man sollte meinen, bei ca. 40 Mio. in Deutschland lebenden Männern (wir beschränken uns in dieser Betrachtung der Einfachheit halber auf mein Heimatland) sollte so ein Exemplar wohl zu finden sein. Jaaaa, ich weiß. Von den 40 Mio. sind mindestens 20 Mio. über 40 Jahre, scheiden also für meine Zwecke aus. Von den verbleibenden 20 Mio. sind mindestens 10 Mio. unter 20 Jahre, scheiden also auch aus. Bleiben 10 Mio. Männer, von denen bestimmt 9,98 Mio. entweder verheiratet, vergeben oder schwul sind. Also bleiben 200.000 über, verteilt auf 20 Großstädte, macht 10.000 pro Großstadt. Na, das klingt doch super! Unter diesen 10.000 wird es wohl diverse geben, die den lächerlichen (die Leserschaft wird mir hier zustimmen) restlichen fünf oben genannten Kriterien entsprechen!?

Jetzt kommen wir zu den zwei großen Problemen: Wo treffe ich sie, diese seltene und scheue Art? In der Disco, einer Bar, beim Sport, beim Einkaufen, auf einer Geburtstagsparty, unter Freunden und Bekannten, im Büro, in der Bahn, in der Theaterpause, an der Ampel, in der Nachbarwohnung, auf der Tankstelle, im Kino, auf dem Weihnachtsmarkt, auf einer Messe, im Urlaub, auf Abitreffen, ...?? Leider totale Fehlanzeige! Und sollte es mir tatsächlich gelingen, einen aufzuspüren, wie schaffe ich es, dass so ein seltenes Exemplar sich auch für mich interessiert? Nun, ich könnte mich interessant machen, also quasi Notlügen benutzen. Klappt am Anfang recht gut, allerdings nur kurzfristig wirklich durchhaltbar, daher von zeitlich recht begrenzter Wirkung. Mich so zu geben, wie ich bin, ist leider in der Vergangenheit nur mäßig erfolgreich gewesen (... und schon wieder ein netter Bekannter mehr, den man hin und wieder mal mit seiner neusten Errungenschaft im Arm trifft und der einen dann freundlich grüßt – das Kumpel-Syndrom lässt grüßen!). Ich könnte einen auf naiv machen, das scheint zu funktionieren, wenn ich mich so umschaue (aber auch hier ist wieder festzustellen: Intellekt behindert! Muss man wirklich so weit sinken?). Dann gäbe es natürlich noch die „Ich bin leicht zu haben"-Masche, deren Erfolg naturgemäß sehr kurzfristig ist (heißt ja nicht umsonst One-Night-Stand), darüber hinaus wird man dann auch nicht mal mehr gegrüßt (den schalen Nachgeschmack gibt es dafür gratis).

Tja, und was nun? Mich zu ändern scheint die einzig Erfolg versprechende Lösung darzustellen. Aber ändern in was? Klar ist, alles was das Kumpel-Syndrom auslöst muss radikal ausgemerzt werden! Aber wie findet man so was raus? Eine Befragung der Zielgruppe scheint eine eher ungeschickte und schwer durchführbare Lösung darzustellen. Also fragt man Freunde, Bekannte, Kollegen und Familie, was sich als überhaupt nicht hilfreich rausstellt. Denn entweder aus falsch verstandener Loyalität oder weil es vielleicht Ihrer Ansicht nach den Tatsachen entspricht, scheint es so gut wie nichts zu geben, was geändert werden müsste. Gut, die Figur könnte schlanker sein (ist in Arbeit) und das Auftreten etwas mutiger (O.K., zugegeben ein Punkt, der noch stark verbesserungsbedürftig ist), aber sonst ... (leider fehlt das Geld zur Totaloperation).

Und so sitze ich weiter rat- und beziehungslos tagsüber im Büro und abends in der leeren Wohnung (Eigentumswohnung – sollte das nicht ein Plus auf meiner Seite sein?). Einzig Trost spendend ist die klischeehaft vorhandene Katze, die dann mein Sofa teilt. Man kann doch nicht wirklich ernsthaft von mir verlangen, die Liste an „Mindestansprüchen" noch weiter zu kürzen? Oder mein Heil in einer billigen Affäre mit einem bereits besetzen Exemplar zu suchen? Oder mein Gehirn auszuschalten und wirklich nur noch blond zu sein? Gibt es schon funktionierende Techniken zur Gehirnwäsche oder Bewusstseinsveränderung?

Nun, eine Lösung müsste schnellstens her. Die biologische Uhr tickt immer lauter, selbst Adoptionen (zumindest von deutschen Babys) sind nur bis 35 möglich, leichte Panik macht sich breit. Dabei wäre ich ja auch mit einem Exemplar vollauf zufrieden, das noch nicht an Kinder und Hausbau denkt (steht ja auch nicht auf der Liste, oder?).

Sollte also jemand einen heißen Tipp, Anregungen oder Ideen haben, vielleicht sogar selbst Single auf der Suche sein (bitte gedanklich noch einmal kurz die „Mindestanforderungen" durchgehen...) oder eine uneigennützige Spende für die Totaloperation machen wollen, der schicke doch bitte eine Mail an die Redaktion. Heißen Dank!

Conny Thurmann [01/2002]

Freunde

Mit Freunden mal im Garten sitzen,
mit Freunden in der Sonne schwitzen,
mit Freunden mal ein Pläuschchen wagen,
mit Freunden Plagen gemeinsam tragen,
mit Freunden sich die Zeit vertreiben,
mit Freunden immer Freunde bleiben,
mit Freunden niemals was verpassen,
mit Freunden Leben leben lassen.

Tim Isert [07/2002]

Sonntag, 27.10.2002

Es sind immer diese Momente, in denen ich mich ein klein wenig aufrege. Irgendetwas läuft nicht so, wie ich es gern hätte und mit einem Knall landet der Telefonhörer auf der Gabel.

Das sind die Momente, in denen mein Kollege Henning seinen Kopf hebt, mir in die Augen schaut und mich fragt: "Kommst Du klar mit Deiner kleinen Welt?". Er wirft mir diesen Blick zu: "bleib-ruhig-dreh-nicht-durch" und versinkt wieder in seiner Arbeit. In solchen Momenten würde ich ihm dann gern etwas hartes an den Kopf werfen. Nein, nicht nur verbal. Mein Blick huscht suchend über den Schreibtisch: Locher, Hefter, Maus. Natürlich halte ich mich zurück, denn Gewalt im Büro ist keine Lösung.

Es ist jetzt Sonntagabend und ich sitze mit einem Becher voll dampfendem Tee am Schreibtisch und höre die leisen Töne von Joan Baez, wie sie mit sanfter Stimme ihre Songs an die Welt richtet. Ich lasse das Wochenende Revue passieren, all die Dinge, die geschehen sind, und denke an die kommende Woche, an jene Begebenheiten, die noch vor uns liegen. Dabei fällt mir der Spruch von Henning wieder ein, "Kommst Du klar mit Deiner kleinen Welt?". Was als scherzhafte Anmerkung zu meinem Gefühlsausbruch gedacht war, entpuppt sich für mich bei genauerer Betrachtung zu einer kleinen, aber feinen Weltformel. Wie wäre es denn, wenn jeder mit seiner "kleinen Welt" klar käme? Was wäre, wenn jeder Mensch auf diesem Planeten in der Lage wäre, in seiner eigenen Welt Ordnung zu halten und damit gleichzeitig die angrenzenden kleinen Welten der anderen respektiert? Das wäre doch wunderbar. Ein Utopia baut sich vor meinem geistigen Auge auf, in dem alle Individuen friedlich nebeneinander leben und im Bruchteil einer Sekunde zerplatzt diese Seifenblase auch wieder. Bilder von gesprengten Linienbussen, gefangenen Musical-Besuchern und kreuzenden Flugzeugträgern holen mich in die Realität zurück. Schade eigentlich, dass das vernetzte Leben der Menschheit so sehr von Habgier, Machtsucht und Neid geprägt ist. Somit gibt es keine Chance auf ein friedliches Nebeneinander zu einem freundlichen Miteinander. Der Mensch scheint nicht dafür geeignet. Noch nicht. Aber es wäre doch mal ein Punkt zum nachdenken, wenn jeder die kleine Welt des anderen akzeptieren und respektieren würde, könnte man schon im Kleinen (-> Büro) für das Große (-> Welt) proben. Und wer weiß, vielleicht bringen ja auch ganz kleine Schritte uns alle voran.

Ich trinke meinen Tee und überlege mir das morgige Editorial. Vielleicht schreibe ich ja auch noch die Geschichte über "meine kleine Welt" auf.

Tim Isert [10/2002]

Irgendwo im Paradies

Eine junge Frau, sie hat ihren kleinen Jungen in ein wärmendes Handtuch gewickelt, schwimmt auf das offene Meer hinaus, weiter noch, ja doppelt so weit wie die mutigen Strandhelden, die sonst ihre stolze und braun gebrannte Brust im Sonnenschein präsentieren, es zu schwimmen wagen. Sie ist mutig. Sie ist allein. Aber sie ist zusammen mit dem Meer. Ich bin eifersüchtig.

Reisen wirkt sehr beruhigend auf mich. Es ist die einzige Zeit, in der meine Gedanken unkonzentriert sein dürfen - ich aber trotzdem vorwärts komme. Nie schlafe ich unbequem so gut wie in einem Flugzeug, einer Bahn oder einem Ozeandampfer auf dem Weg in die Ferne und die Erfüllung meiner Alltagstagträume. Deren Erfüllung ich aber immer auch ein bisschen befürchte. Das „Kurz-Vorher" ist dennoch so oft am schönsten. Die Reise geht voran. Mein Bewusstsein klärt sich. Meine Gedanken verlassen allmählich ihre angestammten Kreise und für hoffentlich eine ganze Weile ihren alltäglichen Mittelpunkt mit all seinen relativen Unwichtigkeiten.

Nachdem wir das Abendtablett serviert bekommen haben, beginnt das allgemeine „Gemütlichmachen". Freie Plätze werden sich gesichert, Kissen und Decken in Position gelegt und die Kopfhörer für den Film aufgesetzt. Die Stewardess meldet, dass man die Möglichkeit hat, für 600 Euro in die Business Class/ Comfort Class aufzusteigen. Ups, leider habe ich nicht soviel in der Brieftasche dabei. Ich verzichte und lege mich auf eine freie Dreierreihe. Das Angebot zum sozialen Aufstieg nimmt auch niemand anderes wahr. Der Schlaf übermannt mich sofort.

Die Sonne gleist nach einer langen Nacht durch die kleinen Flugzeugfenster und erzeugt ein geradezu himmlisches Licht. Zum Frühstück trinke ich Tomatensaft. Eigentlich mag ich ihn nicht so gern. Jedenfalls trinke ich ihn sonst nie. Aber er gehört einfach zum Fliegen dazu.

Typische Ankunft, typische Warteschlange, typische Einreisekontrolle (deutsche Äpfel werden noch eben auf der Flughafentoilette vernichtet – Einfuhr verboten!) und eine typische Taxifahrt zum Hotel („ah, Schermanie, great Country, I have an uncle, who ….").

Endlich am Strand. Liege in Position gedreht und losgefaulenzt. Die Strandshow kann beginnen. Und sie beginnt. Ein Trupp von indischen Marinesoldaten hat Landurlaub und strömt an den Strand. Alle tragen Schnurrbart und einige Turban. Es gibt Völker, die sind mir fremd, offensichtlich, weil ich sie nicht kenne, weil ich ihre Sprache und Gesten nicht verstehe. Aber eigentlich verstehe ich sie doch - wenn ich will. Die Fotokameras der Inder wechseln von einem zum anderen, um sich gegenseitig zu fotografieren. Dabei machen sie sich einen Spaß daraus, sich selbst nur vordergründig, hintergründig jedoch auch die am Strand liegenden oder spazieren gehenden und natürlich nichts ahnenden Strandschönheiten heimlich mit zu fotografieren. Die Inder lachen wie Kinder. Ich lache auch. Ich verstehe.

Paradiesisch ist es, wenn man nirgendwo anders und mit niemandem anderes zusammen sein will. Die warme Brise vom Meer streichelt über meine Haut. Wie angenehm.

„Achtung, der Russ` steht vor der Tür" haben die Alten früher immer gesagt. Jetzt liegen sie sogar neben einem. Sie haben uns Tschaikowsky, Nurejew und Tolstoy gebracht. Da werden wir ihnen den Faux Pas ihres Auftrittes wohl noch verzeihen. Blattgoldene Rolexuhren, Ohrringe so groß wir Hula-hub-Reifen und verblasste Tattoos aus vergangenen Zeiten sind aber schon eine eigenartige Kombination. Was wir den russischen Sugar - oder besser Vodgar-Daddys jedoch nicht verzeihen, sind ihre durchweg nicht älter als zwanzigjährigen Gespielinnen. Das neiden wir jedem.

Die übliche Kettenreaktion wird in Gang gesetzt. Lange braune Beine mit knappen Tanga wackeln zum Strand, die Bücher heben sich - fast unmerklich - ein wenig, so dass ein kleiner Sichtspalt zwischen Buchunterseite und den aufgestellten Knien entsteht, die Freundinnen und Frauen begrimmen ihre Begleiter, wohl wissend um ihre Konkurrenz. Die braunen Beine verschwinden in den Fluten und die Bücher werden wieder gesenkt. Eine nie endende Welle. Aber Verzeihung, können die Wellen etwas für ihre Bewegung?!

Salz auf unserer Haut, die Wogen und der Wind rauschen für uns wie Musik. Die ewige Wellness scheint zu beginnen, aber auch die Zeit muss eine gewisse Entfernung überwinden um uns in das Paradies zu bringen.

Ich lese viel - aber oft nur wenige Sätze. Sie vermischen sich mit meinem nie abnehmenden Gedankenstrom. Eine eigenartige Mischung aus Lesestoff, Gedankenfetzen und Wahrnehmung entsteht. Hier aber darf die Trennung aufgehoben sein. Es ist schließlich mein Paradies. Manchmal sackt mir das Bewusstsein ab und ich gerate in einen Halbschlaf. Ein Stadium, aus dem man erst nach einer Weile der Benommenheit befreit wird, welches ich aber hier immer wieder suche. Es wird zur Sucht.

Das Strandpanorama wird mir langsam gewohnt. Die Strandverkäufer werden zu Bekannten, das Handtuch werfe ich morgens auf dieselbe Stelle und ich weiß, wer mir den besten Coconut-Drink verkauft. Die Erholung kommt jetzt aus der gleichmäßigen Wiederholung. Frühstücken, Liegen, Baden, Liegen, Essen, Schlafen ... Mein Abenteuerdrang lässt nach und der Gang zur Strandbar ist schon anstrengend genug.

Neben mir werden Bücher mit Titeln wie „Zeit zum Leben", „Interview mit dem Dalai Lama" oder „Life Strategies" gelesen. Andere, schon ausbalancierte Menschen dagegen lesen „Ein Herbsttraum in Wales" oder „Die Tochter des Generals", was sie eindeutig von den sich immer währenden Fortentwicklern, der „Französisch für Fortgeschrittene" - und „Führungsstärke in sieben Tagen" - Fraktion abhebt. Ich bin immer noch auf Seite drei.

Die Sonne neigt sich langsam dem Horizont zu. Ich habe den Versuch mich auf mein Buch zu konzentrieren nun gänzlich aufgegeben. Ein Urlaubstag geht zu Ende. Ich liege da und freue mich. Ich drehe meinen Kopf zur Seite und zwei wunderschöne Augen strahlen mich an. Ich will nirgendwo anders mehr sein.

Nicholas Ziegert [01/2004]

Editorial 13.10. 2003

Impressionen für Visionen

Eindrücke sammeln, bereichert den Fundus, aus dem wir die Requisiten unserer Visionen beziehen. Ein Spaziergang durch die Strassen der Stadt setzt einen unzähligen Informationen aus, die im Einzelnen betrachtet keinen Sinn machen, aber im Bezug zueinander Nährboden für Visionen bieten. Zukunftsbilder, aus denen wir Realität schaffen können oder Träume formen.

Mit diesem Wissen fallen Lösungen plötzlich leichter und es ergeben sich von Fall zu Fall Wege, deren Existenz wir bis vor kurzem gar nicht erahnt haben, die aber entscheidend sein können für unser Leben. Manchmal, natürlich, ist auch ein "Holzweg" dabei, aber auch hier kann man dann wieder auf den Anfang verweisen.

Impressionen können auch Geburtshelfer für Geschichten sein, die wir erzählen wollen und mit anderen teilen, Geschichten, die von uns oder der Welt berichten.

Tim Isert

IV.
Geschichten

Die Samstagabend Falle

Wir sind die „Generation-Golf". Wir sind erfolgreich, haben alle mit Playmobil gespielt und haben auch jetzt noch jede Menge Spaß. Die Sorgen unserer Eltern und Großeltern sind uns fremd. Kein Krieg, kein Hunger, keine Tabus und auch sonst nicht wirklich viele Existenzsorgen. Aber mit einem mussten unsere Vorfahren nicht kämpfen: der Samstagabend-Falle. Montag. Schön gearbeitet, abends mit Kollegen weg gewesen, über den Chef gelacht. Dienstag. Schön gearbeitet, abends Ally McBeal gesehen, telefoniert. Mittwoch. Schön gearbeitet, abends mal wieder im Fitnessstudio gewesen - na ja, für 1-2 mal die Woche sehe ich in dem getönten Spiegel doch gar nicht so schlecht aus ... Donnerstag. Lange gearbeitet. Chef fliegt in den Urlaub und er wollte die Unterlagen noch fertig haben. Freitag. Alter Freund kommt in die Stadt, gute Laune gehabt - er hat nämlich auch noch keine Pferdepflegerin! Samstag! Date mit Simone. Der Samstag beginnt gut. Ich kann lange ausschlafen. Der Nachbar verschont mich heute auch mit seinen samstäglichen Bohrungen und seine Kinder sind mit seiner Frau im Urlaub. Wahrscheinlich muss er auch seinen Hang-over auskurieren und freut sich, dass ich auf mein morgendliches Jazzkonzert verzichte. Und dann die neue Verkäuferin beim Bäcker. Rehbraune Augen, voller Schmollmund, schüchtern und süß. Ich werde mir das nächstes Wochenende auch nicht entgehen lassen. Sie soll noch mal nach meinen Wünschen fragen, und noch mal, und noch mal, und .... noch mal - auch wenn ich nicht mehr rausbringe als: Zweimal Sesam bitte! Naja, der Tag ist ja noch jung. Heute Abend kommt schließlich Simone. Zu Hause wartet schon mein frischer Kaffee, die Zeitung ist schon da und ich freue mich auf ein angenehmes Frühstück. Manchmal duftet er einfach noch besser. Im Radio läuft „I am easy". Und ich kann mir jetzt nichts Schöneres vorstellen, als mir in meinem Ikea-Sessel den traurigen Abstieg des HSV im Sportteil vorzuführen. Sollen sie eben besser Fußball spielen und nicht ihre Kohle auf Malle raushauen. Simone ist reif. Äh, ich meine natürlich, wir sind uns in den letzten Wochen schon etwas näher gekommen. Nur eben nicht nah genug. Vor drei Wochen lernte ich sie auf einer Party kennen. Sie hatte sich gerade von ihrem Freund getrennt und hatte diese

Zerbrechlichkeit und doch strahlte sie etwas Selbstbewusstes aus. Solche Frauen sehen einfach immer gut aus. Braune lange Haare, enge Jeans, schlichtes T-Shirt, Sandalen, sehr sexy. Sie ist Journalistin, ohne aber diese inquisitorische Art einiger frustrierter Karrierejournalistinnen an den Tag zu legen, die den Interviewten das Mikro gleich durch die Nase in den Hinterkopf drücken. Sie war einfach nett - und oh Wunder - zu mir. Wir haben uns ein paar mal unverfänglich getroffen. Ein Ausstellungsbesuch, drei Spaziergänge, zweimal Essen in der Mittagspause und viele, viele Telefonate. Heute wollten wir Essen gehen - gut Essen gehen - und für danach haben wir Karten für eine spezielle Comedy Show - ein Geheimtyp (aus dem Internet!!). Ich war bereit. Aber dann die Katastrophe: „Es tut mir uunendlich leid, ich muss absagen, mein Ex-Freund ist gerade ins Krankenhaus gekommen, ich muss da hin". Peng, Autsch, Scheiße. Es ist schließlich schon 16 Uhr, Samstag Nachmittag. Was mach` ich jetzt nur. Dann ruft auch noch meine Mutter an. „Was machst du denn heute Abend? Hast du ein Mädchen kennen gelernt?" Ja, Mama, nein Mama, mach ich, habe ich schon ... ich habe immer noch eine warme Jacke. Ja. Wir telefonieren morgen lieber. Cornelius, der muss doch noch in der Stadt sein. Vielleicht will der mit auf die Piste gehen. Anrufbeantworter: nicht da. Ach ja, der ist ja mit dem HSV auf Malle! Habe ich Daniela nicht länger nicht angerufen? Aber das kann ich nicht bringen. Die kommt sich ja vor, wie so ein Aushilfsdate. Obwohl ..., nein. Hatte nicht Jens von einer coolen Party gesprochen. Mist, die war gestern. Ich werde langsam unruhig. Schließlich wird es bald Samstagabend. Meine Nachbarin beginnt schon mit ihren Duscharien. Aber was mach ich? Mit zwölf fand ich das noch interessant, die alten John Wayne Filme zu sehen. Aber heute, da läuft nur Jauch - schlauch .... Jetzt dreht meine Nachbarin auch noch ihre „Ausgehhymne" an. Sie erwartet wohl einen heißen Abend. Und wo sind meine „good old friends"? Die habe ich alleine in das Männerwochenende geschickt, weil ich ja etwas Besseres vor hatte. Dumm gelaufen. Die haben bestimmt Spaß - auch ohne Frauen. Stefan, der sitzt doch bestimmt sowieso nur vor seinem Computer. Ich rufe ihn gleich mal an. „Hey Stefan, wie geht's denn so? Mal wieder bei der NASA im Netz gewesen? Ha, ha! Nein.., tschuldigung, ich wusste nicht, dass du jetzt bei der Bundesstelle zur Bekämpfung von Computerkriminalität arbeitest. Aber was machst du denn so heute Abend? Ah, natürlich, Geburtstag, Kollegen, kleiner Kreis, ich verstehe. Wollte auch nur mal so fragen, ob du Lust gehabt hättest so auf die Piste, einen Trinken, nichts Großes... O.K., vielleicht trifft man sich demnächst mal. Tschüs." Meine letzte Hoffnung dahin. Soll ich alleine losgehen. Mal so als lonely Cowboy durch die Bars der Stadt ziehen. Hmm, etwas asozial ist das schon. Wenn man mich sieht, denken die bestimmt, mit dem stimmt was nicht. Ich bleibe hier. Samstagabend habe ich wohl noch nie ein Buch gelesen. Wo hab ich denn mein Buch versteckt? Neeiin, ich muss raus. Jetzt ist es schon halb zehn. Hemingway hat beim Trinken schließlich auch keine Rücksicht darauf genommen, ob er Begleitung hatte. Also, los geht's. Doch plötzlich: Rrring, rrring. Hallo?!? Simone? Bin ich froh, dass es deinem Ex gut geht! Na klar kann ich dich vom Krankenhaus abholen. Habe die ganze Zeit schon überlegt, wie ich dir helfen kann...

Nicholas Ziegert [11/2001]

Der Maestro

Die Tür öffnete sich und es fiel ein fahler Lichtstrahl auf den sonst völlig finsteren Raum. Er trat ein und bewegte sich langsam aber kundig durch das dunkle Zimmer. Gekonnt öffnete er erst die Fenster und dann die Fensterläden. Seine gebeugte Gestalt strahlte Ehrfurcht aus, obwohl ihm jede Bewegung unendliche Strapazen zu bereiten schien. Der Frack, den er trug, wirkte altmodisch aber gepflegt. „Na Charlie! Da sind wir wieder! Hast dich gut gehalten, alter Junge." Das einströmende Sonnenlicht zeigte den Raum nicht vollständig, gab aber den Blick frei auf einen mächtigen schwarzen Konzertflügel in der Mitte des Raumes. Er zog ein großes Taschentuch aus seiner Jacketttasche und staubte mit fahrigen Bewegungen das Instrument und den davor stehenden Hocker flüchtig ab, steckte das Taschentuch wieder ein und nahm auf dem Hocker Platz. Der geöffnete Tastendeckel gab den Blick frei auf die schwarzen und weißen Tasten, welche seine Hände zärtlich streichelten und es schien ein banges Gefühl der Erinnerung in ihm aufzusteigen. „Es ist schon lange her, dass wir uns gesprochen haben, Charlie. Aber ich weiß ja, dass du mir gern zuhörst. Ich denke, du willst das alte Stück hören, was?" Die angesprochene Person musste sich im Dunkel gebliebenen Teil des Raumes befinden und schien mit einem Schweigen stille Zustimmung zu bekunden. Er begann zu spielen und seine Hände bewegten sich trotz seines scheinbar hohen Alters noch flink über die Tasten. Jeder Ton, jede Variation machten den Eindruck, als seien sie ein Teil von ihm, er spielte sie, als hätte er nie etwas anderes in seinem Leben gespielt. Als er sein Spiel beendet hatte, wirkte es, als würde das Echo tausender seiner Töne im Raum widerhallen. „Du musst zugeben, Charlie, dass war gar nicht so übel. Ich denke, ich hab's noch nicht verlernt, oder?" Wieder keine Antwort, aber das schien ihn nicht im Geringsten zu stören. Er klappte den Deckel des Pianos wieder zu und erhob sich langsam. Sein Blick schien der Welt entrückt, als schweife er durch längst vergangene Epochen und er schritt in eine dunkle Ecke des Raumes, man konnte lediglich die Umrisse einer Gestalt wahrnehmen, die in einem Stuhl in der Ecke saß, der wie zufällig im Raum stand. „So Charlie, das war's wieder einmal. Wir sehen uns bestimmt bald wieder.", sagte der Maestro und nahm erneut sein Tuch aus der Tasche und faltete es sorgfältig auseinander. Dann begann er vorsichtig den kahlen Kopf der Schaufensterpuppe abzustauben, die in einem Sessel in der Ecke saß. Er klappte die Fensterläden zu, die schmutzigen Fenster und verließ den Raum. Als sich die Tür hinter ihm schloss, war es, als wäre eine Grenze zwischen zwei Welten wieder hergestellt und der Lauf der Zeit wäre wieder in Ordnung.

Tim Isert [04/1993]

Editorial 08.04. 2002

Mal wieder: Sonntag!

Für viele von uns ist der Sonntag ein schöner Tag, voller Ruhe, Entspannung, "In-sich-Gehen".

Für andere ist Sonntag der härteste Tag der ganzen Woche. Ein Tag mit nervender Ruhe, langweiliger Entspannung und unerwünschtem "In-sich-Gehen". Ein Tag, an dem man gezwungen ist, das Ego zu reflektieren und Pro und Contra des Daseins abzuwägen. Das Gefühl von Einsamkeit bekommt Gelegenheit sich anzuschleichen. Entweder, weil man mal wieder allein durchs Leben geht, oder, weil man sich fern der Heimat, unter fremden Menschen mit schweren neuen Aufgaben findet.

Gedichte helfen!

Es gibt zwei Wege sich Gedichte zu Nutze zu machen.

Weg 1: Ein Gedicht schreiben kann helfen die Traurigkeit zu überstehen. Gedanken und Gefühle aus dem Herzen, der Seele, dem Kopf auf das Papier bringen und somit Abstand gewinnen.

Weg 2: Ein Gedicht lesen zeigt, dass auch andere schon Ahnliches erlebt und überstanden haben.

Ein solches Gedicht haben wir heute, zur Wochenendbewältigunng und weil es schön ist. Ein Freundschaftsgedicht!

Auch ein Sonntag geht vorbei und die Sonne spendet unserer Seele positive Energie!

Eure Redaktion

V.
Lyrik

Sein

Erst wenn das Denken aufhört
und das Träumen endet,
erst wenn der Geist sich klärt
und sich die Wahrheit wendet.

Erst dann kann Mensch erfahren,
was er wirklich ist und wo er geht,
was er will, wird sich dann zeigen,
wenn das wahre Leben vor ihm steht.

Denn wenn alle Illusionen fort sind
und die Gedanken klare Bahnen gehen,
wird man erkennen, wo der Weg liegt.
Doch fällt es zu schwer, ihn zu verstehen.

Tim Isert [08/2000]

Narziss

Der Waage ehernes Gesetz
zeugt uns ein Gleichgewicht
doch von Narzissens Schultern
wiegt sie dasselbe nicht.

Ich, und Du, sind doch
natürlich ganz verschiedne Dinge
was nützt es mir
wenn ich ins selbe Maß sie bringe?

Der Mensch soll Regeln eingestehen
und recht zu fordern nehm' ich nun,
doch was für einen grade billig,
muss ich für mich ganz anders tun.

Mit wachsendem Bedenken
füllt sich des andern Waagschal' mehr,
lässt sich Narziss gern schenken
doch seine Schale bleibt fast leer.

Des andern und sein eigen Zoll
nimmt er sodann an sich,
sein Mund zeugt von Zufriedenheit
"Mein Teil gab ich für mich!"

Doch auch ein Schatten zuckt ums Lid
der Feind, die Furcht, ihn schreckt,
man könnte ihn erkennen,
beschütztes Wissen wär' entdeckt.

Narziss, was kannst Du bieten,
was andrer Dir nicht gab?
Nimmst du nur fremde Taten
am Ende mit ins Grab?

So beugt er sich zum Selbstbild
im See voll andrer Tränen,
"Mein bester Freund, du bleibst mir,
wenn andre recht sich wähnen."

Und voll Gefühl, das ihn erfüllt,
welch er dem Freund entgegenbringt,
küsst er den Freund,
umarmt ihn, und ertrinkt.

Devika Pohl [03/2002]

Hyperions Traum

Selige Genien,
hat euer Licht ein Schattenspiel?
die glänzenden Götterlüfte,
der erregenden Düfte viel?

Leiser Klang heiliger Saiten -
spielt ihr denn auch in Farben?
Schicksalslose Unschuld -
verspürt ihr Freude am Ende vom Darben?

Wenn ewig blühet der Geist,
wisst ihr die Knospe zu ehren?
Mit klarem Blick wandelnd
doch den Wandel verwehren?

Hyperions göttliche Lichtgestalten
frei von Unruh' und Leid,
was zahlten sie doch
als dass vom Schicksal befreit!

Selbst tobende Wasser
und Kräfte die beben,
vermitteln doch Schönheit -
ein wertvolles Leben.

Devika Pohl [04/2002]

Ein Jahr

Eine Zeit, die sich vergangen nennt,
doch sich zeigt und auf der Seele brennt.
Gedanken, ihnen zu entrinnen sinnt
man, während alles neu beginnt.
Ein Jahr vorüber und vorbei,
meist ist es wichtig, oft einerlei.
Ein Jahr nun wieder frei!
Ein Jahr vergangen, verzeih' ....

Tim Isert [05/2002]

Editorial 19.08. 2002

Circle of life

Erstaunlicher Weise scheinen sich einige Dinge im Leben zu wiederholen und einige Personen scheinen urplötzlich wieder eine alte Rolle im aktuellen Leben eines Einzelnen einzunehmen. Verwirrend! Aber interessant. Wenn sich alles - oder vieles - wiederholt, kann man ja vielleicht darauf bauen und hoffen, dass bestimmte Sachen zurückkehren. Besser nicht! Besser man freut sich über die Begebenheiten, mit denen man nicht gerechnet hat, denn wenn man auf etwas wartet, geschieht es ja bekanntlich erst recht nicht. Danke Leben!

Diese Woche haben wir mal etwas Neues. Etwas Multilinguales. Ein englisches Gedicht. Etwas melancholisch, aber sehr schön! **("Was it this summer")**

Viel Vergnügen dabei!

Tim Isert

Was it this summer

Was it this summer -
or the summer before?
So bright in my memory -
colours, emotions, and even more.

I flew through a country I had been told of
a minute was endless, or not long enough
strangely familiar, although not mine
a little tired, but my wings carried fine.

Then, almost leaving - I'm not sure why -
special, touching, and bright in my eye
I saw this garden just beneath me
and so I landed, comfortably.

The more I discovered, the better it grew
warmed me, and healed me, and made me feel new
called all the warm feelings so silent for long
and so I stayed longer to sing here my song.

The changing weather then ended my stay
"Thank you for singing", the garden would say
"but I cannot leave this place of mine"
I felt all strangled, and my song lost its rhyme.

So again I'm flying as I know I should
I'm not to return - although I would
differently, richer, I sing my song
and took some seeds with me, as I had to move on.

Devika Pohl [08/2002]

Ein Jahr vergangen

Ein Jahr voller Hoffnungen, Ideen und Enthusiasmus,
aber auch ein Jahr der Enttäuschungen und des
Ärgers.

Ein Jahr, in dem vieles erreicht wurde, einige Träume
wahr wurden,
und man den eigenen Zielen ein Stück näher
gekommen ist.

Ein Jahr vieler Katastrophen, persönlicher,
landesweiter und weltweiter,
die uns wachgerüttelt und näher zusammengebracht
haben.

Ein Jahr, das neue Freundschaften brachte,
in dem man aber auch alte Kontakte aus den Augen
verlor.

Ein Jahr, in dem "fettes-grinsen.de" den
Kinderschuhen entwachsen ist,
und die Redaktion viel gelernt hat.

Ein Jahr, das uns allen viel gegeben hat,
ein Jahr, das ich nicht missen möchte.

Conny Thurmann [09/2002]

Put your lights on

Put your lights on
To see those shadows of ideas,
Don't know what they could be
Past or future, dreams or fears.

They're thrown on a chalkboard
That, truly, still stands there bold,
Keep track of the shadows,
Steadily changing, it has been told.

Put your lights on
There's always more to see,
At first you'll be blinded,
Then getting used to what may be.

As you get confident,
That image silently dies,
As you believe to know it,
It's only the image in your eyes.

Time's a kaleidoscope,
Scatter it, let the colours burn,
The most beautiful pattern,
A matter of fate, not to return.

Put your lights on,
Let those patterns shine,
They brighten the shadows,
None of them steady over time.

Devika Pohl [03/2003]

Editorial 10.02. 2003

Die Geister, die ich rief

Gerade dieses Wochenende wurde mir wieder bewusst, wie sehr wir doch von unserer Vergangenheit beeinflusst werden, wie sich Schatten aus verstrichenen Zeiten mit einem Mal wieder materialisieren und Bezug zu unserem derzeitigen Leben suchen. Und das muss nicht so negativ sein, wie es sich vielleicht auf den ersten Blick liest. Vielmehr zeigt es uns doch Momente auf, die hinter uns liegen und aus denen wir wichtige und wertvolle Erfahrungen für unser jetziges Leben gewonnen haben, auch wenn die zugehörigen Umstände nicht immer schön und schmerzfrei waren.

Blicke in die Welt der eigenen Erinnerungen geben uns Ansporn, Kraft und Elan die Herausforderungen der Zukunft anzugehen.

Gespenster von früher hat jeder von uns; mindestens eines, da bin ich sicher. Immer ist es eine Person, die uns verloren ging, ohne dass wir dies verhindern konnten. Oft sind es Situationen, die wir lieber vergessen möchten.

Manchmal lohnt sich ein Blick über die Schulter. Vielleicht ist er grad da, der Geist aus der Vergangenheit, vielleicht hat man unbewusst nach ihm gerufen?

Es ist ein Abenteuer, aber immer will uns der Geist etwas sagen und man sollte versuchen, mit ihm zu kommunizieren.

Ich wünsche jedem, dass er diese Woche mindestens einmal in den Arm genommen wird!

Tim Isert

Nur einen Moment

Einen Moment Zeit haben.

Den Moment gebührend feiern.

Auf diesen Moment schon lange gewartet haben.

Jeden Moment genießen.

Den Moment verstreichen lassen.

Sich wünschen, Momente ungeschehen machen zu können.

Einen Moment gedulden.

Doch manche Momente wollen niemals enden.

Den richtigen Moment verpassen.

Momente rasen vorüber.

Momente bleiben unvergessen.

Nur einen Moment länger mit dir erhoffen und ewig meinen.

Andreas Erbut [05/2003]

The last door

There's always a last door, to knock on and walk
through,
A door to decide for, and then close behind you.

Naturally, chaos never shows every door,
Constantly changing, there's always one more.

In need for friendliness, do not knock on this last,
It will not supply you, here's no one to ask.

A wish for revenge here can never come true,
Once closing the last door, results can't reach you.

Desiring the silence, you knock the last door,
But not even silence you would find anymore.

Escaping from mirrors means, not to know:
You can make those mirrors change what they show.

There's always a last door, but so many more, too,
So don't knock on this one, it won't answer for you.

Devika [05/2003]

As time passes by

As time passes by, I understand
Later on – not the minute I ask
Then my question turns into nothing
As it is answered, all seems far past

Without a distance it might be
That you can't quite see anything well
All those blurred values and standards
True or just copied – it's hard to tell

No change without shifting and moving
All those perspectives along the track,
While moving I see, this means patience
Relieving answers when looking back

To be free from doubts it needs exploration
Since the first time you'll know a place
Is on return to your travel's destination
Insight for something needs its opposite in space

Life makes you cling and hold tight to
From only one or two points of view
But looking from various standpoints
You know, things unravel and pass by you

An inner balance and contentment requires
All kinds of opposing beliefs, skills and so on,
To know that you've been there and seen it
Gives freedom to wait what time brings along.

Devika [07/2003]

Homo Faber

It's a restless, tumbling world we live in
Where things end, before they ever began -
Where waves are particles, but when you grasp,
Turn back to waves, as fast as they can.

Heat and glow in the darkness
Are cold and dull in the light,
We praise to accept what must be,
But Homo Faber rather seems right.

Is freedom of soul and body
The power to reject and say no?
Or is it the strength inside you
To create and say yes, also?

Where can our soul pause and enjoy
When our body moves even quicker?
How does it sleep and recover,
Does it get richer, or instead sicker?

Doomed to stride on a small brim -
Too far, and we fall from the height,
So our most basic task beholds
To balance along, a bit left, a bit right.

Devika [09/2004]

Da sein

Da sein werd' ich, wie versprochen,
immer dann, wenn Du es willst.
Da sein werd' ich, ungebrochen,
immer, wenn Du auf mich zählst.
Da sein werd' ich, ruhig und leise,
wenn zu laut die Welt sich gibt.
Da sein werd' ich, auf meine Weise,
wenn Du magst, dass man Dich liebt.
Da sein werd' ich und auch nicht,
wenn alles Dir zuviel erscheint.
Da sein werd' ich, bin Dein Licht,
wenn Deine Seele traurig weint.
Da sein werd' ich, wenn Du fliehst,
jedem Mensch den Rücken kehrst.
Da sein werd' ich, denn Du siehst
auf dem Rückweg mich zuerst.
Da sein werd' ich, lass Dir Freiheit,
bin geduldig und auch still.
Da sein werd' ich, wenn es soweit.
Da sein werd' ich und ich will.

Tim Isert [07/2004]

Editorial 11.08. 2003

Refugium

Jeder braucht einen Platz, an den er sich zurückziehen kann, an dem er Ruhe und inneren Frieden findet. Einen Ort, der ein bisschen Heimat ist und Halt gibt. Diese Orte kann man erfahren, einfach haben oder sich erarbeiten. Der letzte Weg ist natürlich der schwerste, aber auch der mit dem wahrscheinlich besten Ergebnis.

An einem solchen Zufluchtsort ist man dann in der Lage, die richtige Perspektive zu finden, für Fragen, die sich im Lebensablauf ergeben; der Blick nach innen wird leichter.

Aber auch die Kreativität wird beflügelt und befreit von störenden äußeren Einflüssen. Texte entstehen und vergehen, Gedanken kommen zu Papier und formen Wirklichkeit.

Jedem sein Refugium wünsche ich allen Leserinnen und Lesern!

Tim Isert

Paradise

To give something is
The last tradition, left from paradise,
Where anything was a gift.

To care about
Naked bodies and souls, self-aware,
Made us have to leave.

To feel shame and pain,
And joy and love, made us human
And makes us enter life.

Is this what children feel
Leaving paradise, growing up, is this
What makes them fascinating?

Would you understand what
A gift is, or joy, or nakedness, if all
And everything was, anyway?

Would you be able
To enjoy these moments, and regard
Them as precious?

Maybe life is richer
Than paradise, it makes us feel, and live,
And value - would you go back?

I wouldn't, but I'll remember
Traditions that are left, but also
Enjoy what is to be now, anyway.

Devika [08/2004]

VI.

Autoren

Andreas Erbut saxophoniert und arbeitet als Ökonom in Hamburg.

Peter. W. Fischer lebt und arbeitet als freier Autor, Filmkomponist und Softwareentwickler in Hamburg.

Vasco Kintzel arbeitet als Grafiker und freier Autor in München.

Kerstin Laveatz ist Architektin und Unternehmerin im Softwarebereich.

Devika Pohl studiert Psychologie und widmet sich leidenschaftlich den schönen Künsten.

Patrick Steltzer ist sportiver Jurist in Hamburg.

Conny Thurmann ist schreibbegeisterte Marketingexpertin in einem Hamburger Unternehmen.

Tim Isert ist wortmotor.

Nicholas Ziegert ist Rechtsanwalt in Hamburg.